TAKE
SHOBO

呪われた王子は
運命の治癒師を手放さない
甘い魔力は愛の証

夕月

Illustration
三浦ひらく

MOON DROPS

呪われた王子は運命の治癒師を手放さない
甘い魔力は愛の証《しるし》

Contents

イラスト／三浦ひらく

呪われた王子は運命の治癒師を手放さない

甘い魔力は愛の証《しるし》

MOON DROPS

第一章　甘い魔力と忘れられない夜

町の役所のそばで治療院を営むメリアの朝は早い。

治癒魔法を使える者の数は少ないので、朝から晩まで患者が途切れることがないのだ。

この町は小さいけれど国境が近く、軍の基地があることから訪れる患者は多い。

治癒魔法での治療を必要とする主に中等症以上の傷病者が、メリアの患者だ。どんな外傷にも表情を変えず淡々と対応するメリアの存在は、役所の職員や軍の関係者からも一目置かれている。

幼い頃から、珍しいと言われる治癒魔法の適性があったメリアは、その力を生かすべく熟練の治癒師のもとで修行を積み、二年前にこの地で治療院を開いた。

忙しい毎日だけど、人々を救うこの仕事にはやりがいを感じている。

◇

窓を開けて朝の空気を取り込み、庭の花を摘んで飾る。

白を基調とした清潔感のある部屋に黄色い花が明るい色を添えた。

仕事着である紺のワンピースと白いエプロンを身につけて、少し癖のある黒髪を左耳の横でまとめれば準備は完了だ。

表の扉を開ける前に、メリアは右手の中指にはめた指輪を確かめるようにそっと触れた。メリアの瞳と同じ明るい水色をした石が、朝日を受けてきらりと輝く。

「今日も一日頑張ろう」

そうつぶやいて、メリアは扉を開けた。


本日最初の患者は、馴染《なじ》みの兵士だった。森の中で魔獣討伐中に、負傷したという。

「……何回目ですか、バートンさん。そのうち手足失いますよ。私だって、さすがに千切れちゃったら元に戻せないんですからね」

文句を言いつつ、メリアはバートンの負傷した左足に手をかざす。骨が見えるほどに酷い怪我だったのが、みるみるうちに治っていく。

「いやぁ、昇任試験が近いもんだから、つい。実績あげなきゃヤバいからさぁ」

「あー、ジェシカさん、先月昇進したって言ってましたもんねぇ」

メリアの言葉に、バートンは頬を赤く染めてそっぽを向く。想い人に追いつきたくて、彼はきっと少し無理をしたのだろう。

「はい、治療完了です。頑張るのはいいことですけど、焦《あせ》って失敗したら元も子もないですよ」

「おう、ありがとな」

傷の消えた足を動かしながら、バートンが笑ってうなずく。

「あと、毒針が刺さってたので、念のためこちらも飲んでおいてくださいね」

メリアが戸棚から薬瓶を取り出し、緑色の液体を注いで渡す。それがとても苦いことを知っているバートンは一瞬顔をしかめるが、黙って口をつけた。

それを横目で見ながら、メリアはバートンの傷口から取り出した毒針を光にかざして確認する。

「……うん、折れずに取り出せたし、これなら残った毒を抽出できるかも」

くふふ、と楽しそうに笑うメリアを、バートンは呆《あき》れたように見つめている。

「メリアちゃんは腕のいい治癒師だけど、なんでか毒が好きだよなぁ」

「あら、毒と薬は紙一重って言うでしょう。私が毒を集めて研究してるのは、新しい薬の開発のためでもあるんです！」

メリアは胸を張ってみせる。ちょっとした怪我などは治癒魔法を使わずに回復薬を使うし、毒も解毒剤に頼ることがほとんどだ。だからこそ少しでも効果のある薬を作りたくて、メリアは治療の合間を縫って日々研究に励んでいるのだ。

◇

夜、業務を終えたメリアは戸締まりをして、表の扉に終了の看板をかけた。近所の酒場からはにぎやかな声が聞こえてくるけれど、メリアはあまり大勢と騒ぐのは好きでないので、ひとりでゆっくりと過ごす。

今朝、バートンの傷口から採取した毒針から毒を抽出できるか試してみなければ、と考えつつも、手にしたグラスにはお気に入りの甘い果実酒。いい感じに酔いの回った頭では、細かな作業は難しいだろう。

酔い覚ましにお茶でも飲もうかと立ち上がった時、裏口の扉を叩《たた》く音がした。

小さな川に面した裏口はメリアもほとんど使うことがなく、そちらから誰かがたずねてくることはまずない。

応答すべきかどうか戸惑っていると、もう一度扉が叩かれた。先程より弱々しいその音とほぼ同時に、バサリと何かが倒れるような音がした。たずねて来た誰かが倒れたのだろうか。酔いでふわふわとしていた頭が、一気にしっかりとしてくる。

ここが治療院だと知っていて来たのなら、きっと助けを求めているのだろう。放ってはおけない。

メリアは、ぐっと拳を握りしめると足早に裏口へと向かった。

「……どなた、ですか」

恐る恐る声をかけてみると、やはり扉の向こうで誰かが身じろぎするような気配を感じた。

苦しそうなうめき声が微かに聞こえたような気もする。

メリアは一度息を吸い込むと、思い切って裏口の扉を開けた。

そこに膝を抱えるようにして座り込んでいたのは、ひとりの男だった。黒いローブを纏《まと》っていて背格好はよく分からないが、恐らく成人男性。うつむいたフードから、燃えるような赤毛がのぞいている。

血の匂いはしないので、病気だろうか。メリアは気持ちを一気に仕事モードに切り替えると、男の髪をかき分けて額に触れた。固く目を閉じた男の顔には傷はないものの、顔色が悪い。

「……っ！」

驚くほどに冷え切った身体に、メリアは思わず手を引っ込める。まだ夏の暑さの残るこの季節に、ローブを着ていてさえ冷たい身体。そこから導き出される状況に、メリアは眉を寄せる。

「ちょっと、待っててくださいね」

恐らく男の耳には届いていないだろうけれど、メリアはそう囁《ささや》いて室内へと駆け込む。

薬品棚を開けて必要なものを手早く取り出して急いで戻ると、男はもう身じろぎもしていないようだった。

男のそばで調合し、出来上がった薬品にメリアは魔力を注ぐ。乳白色だった液体が瞳と同じ水色に染まったのを確認して、メリアは男の口元へとフラスコを運ぶ。

「ねぇ、飲んで。魔力の回復薬よ。早く飲まないと、手遅れになってしまうわ」

声をかけて男の肩を揺するが、意識を失っている男は微動だにしない。無理に口元に薬を流し込んでみたが、うまく飲ませることができずにほとんどこぼれ落ちてしまう。

そうしているうちにも男の身体は更に冷えていく。

焦《じ》れたメリアはフラスコに残った薬を口に含むと目を閉じ、思い切って男の唇に自らのそれを重ねた。


口に含んだ薬に、メリアは自分の魔力を乗せて男の口内へと流し込む。

男の身体がこれほどまでに冷え切っている理由、それは魔力の枯渇だ。魔力が枯渇すれば、死に至る。そのため、メリアは自分の魔力を男に分け与えることにしたのだ。

そして、一番早い魔力の供給は粘膜接触と体液に魔力を乗せて相手の身体に送り込むこと。触れ合った唇と、口移しで強引に飲み込ませた薬の効果か、男の身体に僅かに体温が戻ってくる。

ひとまず危機を脱したことを確認して、メリアはゆっくりと唇を離した。

男の顔色はまだ悪いものの、ほんの少し頬に赤みが戻ってきたようだ。固く目を閉じているけれど、なかなか整った顔立ちの男だ。

口移しで薬を飲ませるのも唇を触れ合わせるのも、メリアにとっては治療行為でしかなかったけれど、こんないい男の唇を奪えたのは役得かもしれない。

「……おっと、いけない」

しばらく男の顔に見惚《みと》れていたメリアは、慌てて首を振ると男の身体を横たえた。

本当は寝台に運んであげたいのだけど、華奢《きゃしゃ》なメリアにこの大柄な成人男性を運ぶ力はない。せめてもの気持ちで床にクッションを置き、毛布を敷くのが精一杯だ。

まだ目を覚まさない男のローブを脱がせ、シャツのボタンを外していく。

厚い胸板と立派に割れた腹筋に見惚れる間もなく、メリアは小さく息をのんだ。

露出した身体の前面だけでも、いくつも残る古い傷跡。そのいくつかは明らかに命に関わったであろうもので、この男は兵士なのだろうかと首をかしげる。

でも軍に所属する兵士は、傷を負えばメリアのような治癒師に治してもらうことができるはずだ。治癒師が、こんな風に傷跡を残すような治療をするとは思えない。

だとすれば、治癒師の治療を受けることができない者、ということだろうか。

なんとなくやっかいごとの気配を感じて、メリアはため息をつく。

こんな時間に裏口からたずねて来たのも、表立ってここに来ることができないからではないだろうか。

「……ま、仕方ないか。今は治療に集中しなきゃ」

つぶやいて、メリアは男の胸元に手をかざした。

男の魔力が枯渇しかかっていたのは、単に魔力の使いすぎではないと判断したのだ。原因を探るため、メリアは目を閉じて集中する。

「……ん、これは」

眉をひそめて、メリアは目を開けた。

胸にかざした手に力を込め、引っこ抜くような仕草をすると、重い手応えと共にメリアの手のひらに黒い塊が飛び込んでくる。

粘つくような感触と、何とも言えない不快感。

メリアは顔をしかめながら、手のひらの上の塊をシャーレの上に転がした。

どうやら男の身体に悪さをしていたのは、この黒い塊で間違いないようだ。取り除いたことで、男の顔色は目に見えて良くなった。

「珍しい……毒だな」

男の身体に手をかざしたまま、メリアは小さく首をかしげる。

毒にも色々あるけれど、魔力を吸い取る毒は初めて見た。あとで詳しく解析してみなくちゃ、とつぶやきながら、メリアは男の頰に触れる。

先程よりも体温は上がっているようだが、まだまだその頰は冷たい。毒によって奪われた魔力が、回復しきっていないのだろう。

「……治療費、払ってもらえるかしら」

メリアはため息をついた。

恐らく訳ありであろうこの男が、回復したところで治療費を払ってくれるかどうかは分からない。

高いキス代になってしまったなぁ、と独りごちつつ、またメリアは男の唇に触れた。そして自分の魔力を注ぎ込んでいく。

しばらくして、メリアは顔を上げて眉をひそめ、首をかしげた。

どう考えてもおかしい。魔力を注いでも注いでも、彼の魔力が満たされる気配がないのだ。

少し考えこんだあと、メリアは右手の中指にはめた指輪をそっと抜き取った。

瞬間、メリアの身体が淡く輝く。身体の中心部から広がった光が、指先まで到達してフッと消えた。

メリアは、人より多くの魔力を持っている。今でも腕の良い治癒師として信頼を得ているけれど、本当の実力はこんなものではない。だけど、普段のメリアはそれを隠している。強すぎる力のそばには、大抵面倒な争いが生まれるのだと師に言われたから。

いつも右手の中指にはめている指輪は、メリアの魔力を抑えるために、師匠である治癒師が作ってくれたもの。その指輪を身につけて、メリアはそこそこの治癒師として振る舞っている。

人前で指輪を外すことはまずないけれど、今は緊急事態だ。全力を出さないと、この男を救えそうにない。男は意識を失っているから、問題ないだろう。

指輪で抑えていた魔力を解放したこともあり、メリアにはまだまだ余力がある。だけど今までひとりにこれほど大量の魔力を注ぎ込んだことはない。この男の魔力量は、メリアに匹敵するほど多いのかもしれない。自分と同じくらいの魔力を持つ人間なんて、出会ったこともないけれど。

男の身体を蝕《むしば》んでいた毒は除去したし、他に不調がないことは確認済みだ。なのに、満たされる気配のない魔力。魔力を奪っていた、珍しいあの毒の恐ろしさを今になって痛感する。やはりあれはしっかり解析しておく必要がありそうだ。


「……っ」

一瞬目の前が揺らいで、メリアは床に手をついた。メリアの魔力はまだ半分以上残っているが、短時間に一気に放出しすぎたらしい。

その時、男の目蓋が微かに震えた。

ゆっくりと目を開いた男の瞳がメリアをとらえると、柔らかく細められる。予想通り、目を開けてもいい男だ。まるで湖面のように揺らめく不思議な色をした銀の瞳が印象的で、思わず黙って見つめてしまう。

「……きみが、おれを助けてくれた、人？」

「ええ。ここの治療院の治癒師をしている、メリアよ」

「メリア……」

嚙《か》みしめるようにメリアの名前をつぶやいたあと、男は起き上がった。

「あっ、まだ急に起きあがっちゃ……」

一気に、しかも他人の魔力を流し込んだのだから、魔力酔いを起こしているかもしれない。慌てて男を止めようとしたメリアは、急に血の気が引くように目の前が暗くなってよろめく。

ふらりと傾いだ身体を抱き止められて、そのまま温かいものに包まれる。

「……ごめん、きみの魔力をもらいすぎたかな」

男の胸の中に抱き込まれていることに気づいて、メリアの頰に血がのぼる。低く甘い声はメリアの好みのど真ん中で、そんな声に耳元で囁かれたら冷静ではいられない。

しかも男はシャツをはだけているのだ。直接頰に触れる肌の温もりに、鼓動がどんどん速くなる。醒めていたはずの酔いが、急にまた戻ってきたかのようだ。

「は、離して……」

弱々しい声でそう訴えるものの、身体に力が入らない。どうやら一気に魔力を放出しすぎたせいで、身体がついていかないようだ。指輪を外して、力を解放したのが久しぶりだったことも影響しているのだろう。

「ごめんね。おれ、魔力の量だけは無駄に多いんだ。もらいすぎた分、少し返すね」

そう言って男はメリアの顔をのぞきこんで笑うと、唇を重ねてきた。

「ん……、待って……」

制止しようとしたのに、開いた唇の間から男の舌が滑り込んでくる。さっきまで魔力を失って冷え切っていたとは思えないほどに熱い舌が、メリアの言葉を絡め取っていく。

「……あ、んぅ」

それでも止めるために言葉を紡ごうとするのに、唇から漏れるのは吐息混じりの甘い声。触れ合った唇と絡められた舌から、男の魔力が流れ込んでくる。魔力に味なんて感じたこともないのに、何故か男の魔力は酷く甘く感じて、肌が粟《あわ》立つ。

しっかりと抱きかかえられているので身動きはできないけれど、いつしかメリアはもっととねだるように強く唇を押しつけていた。

「……あぁ、いいな。おれとメリアの魔力が混じり合ってる」

ようやく唇を離した男は、恍惚《こうこつ》とした笑みを浮かべた。

確かにふたりの魔力が混じり合っているのは間違いないのだけど、男の言い方がとても淫靡《いんび》に感じられて、メリアはうつむく。

「なんで、急にこんな……」

初対面なのに、治癒師と患者という関係のはずなのに、うっかりこの男とのキスに溺れてしまったメリアは、荒くなった息を整えながらつぶやく。

「ん？　魔力の供給は、粘膜接触と体液に乗せるのが一番効率がいいだろ」

「それは……そう、だけど」

何を今更、とでも言いたげな表情の男に、メリアは唇を噛む。分かっているけど釈然としない。基本的に唇を触れ合わせる形での魔力供給は、相手の魔力が尽きかけている緊急事態に行われるものだから。

彼の魔力は尽きかけていたけど、メリアの魔力にはまだ余裕があって緊急事態とは言い難い。

それにさっきのキスが、まるで恋人同士の愛を交わすものと錯覚しそうなほどに甘かったから。

「メリアだってさっき、おれに同じようにしてくれただろ」

薬を口移しで飲ませたことと、唇を合わせて魔力を供給したことを指を折って数えあげられて、メリアは息をのんで顔を上げる。

「気づいてたの？」

「魔力が底をついて、身体は動かせなかったけど、意識は案外クリアだったよ」

「……っ」

まさか意識があったなんて思わなくて、驚きに目を見開くメリアを見て男はくすりと笑う。

「必死に治療してくれて嬉《うれ》しかった。いやぁ、助けてくれたのがメリアで良かったよ。命のためとはいえ、むさいおっさんと唇合わせるなんて、やっぱりちょっとね」

悪戯っぽく男がそう言って笑う。メリアも先程少しだけ役得だと思ってしまったので、曖昧な笑みを浮かべた。

もっとも、メリアは老若男女誰であろうとも、同じ状況ならば躊躇《ためら》わずに唇を合わせただろうけど。


「それでどう、メリア。回復した？」

男に顔をのぞきこまれて、メリアは慌ててうなずく。

「ごめんなさい、もう平気。ありがとう」

魔力を使い過ぎて患者に魔力を供給してもらうなんて、治癒師失格だ。師匠に知られたら、叱られるどころの騒ぎではない。

患者の魔力量の見極めはもっと慎重にしなければ、とメリアは小さくため息をつく。

「良かった。おれ、もう死ぬかと思ってたんだけど、最後の力を振り絞ってここに来たんだ。ここの治癒師は腕がいいって聞いたから。それがまさかこんな美人治癒師だとは思わなかったな」

にっこりと笑って、男はメリアを見る。身体は大きいが、笑うと人懐っこい雰囲気で、どうも憎めない。

メリアは苦笑すると、立ち上がった。

「それはどうも。さっきは見苦しいところを見せてしまってごめんなさい。とりあえず奥へどうぞ。少し問診させてもらいたいの」

◇

治療室の椅子に座り、男は興味深げにあちこちを見回している。メリアは薬湯の入ったカップを男のそばに置いた。

「ここは、メリアひとりでやってるの？」

「ええ、そうよ」

メリアの言葉に、男は眉をひそめて首をかしげた。

「不用心だな。きみみたいな美人が護衛もつけずにひとりでやってるなんて、変な患者が襲って来たらどうするんだ」

「あなたがそれを言う？」

思わずメリアは、くすくすと笑った。目の前の男だって裏口からたずねて来た訳ありの患者だし、魔力の供給を言い訳にメリアの唇を奪ったのだから。

そして、彼はやたらとメリアを美人だと持ち上げてくれるけど、メリアは決して美人ではない。明るい空色の瞳は気に入っているけど、低い鼻と小さめの唇のせいでぼんやりとした顔立ちだと思っている。そりゃ、人の好みは色々だから、彼にとっては美人なのかもしれないけれど。

「心配しなくても、何かあれば軍から誰かが駆けつけてくれるわ」

メリアは壁のベルを指差した。あのベルを鳴らせば軍に連絡がいき、すぐに兵士が駆けつけてくれることになっている。幸いなことに、今まで使う羽目になったことはない。

「ふーん、なら安心か」

男が納得したようにうなずくのを見て、メリアはペンを取り出した。

「とりあえずカルテを作りたいんだけど、名前を聞いても？」

薬湯の苦味に顔をしかめていた男は、メリアを見てにっこりと笑ってうなずく。

「アデル」

下の名前だけを端的に名乗られて、やっぱり訳ありの可能性が高いなと、メリアは心の中でため息をつく。

「アデル、ね。さっきの毒はどこで？　あんな毒、初めて見たわ」

「あれ、毒だったんだ。どんどん魔力が失われていくから、何かと思った」

アデルが、驚いたように目を見開く。色んな毒を研究するのが趣味のメリアですら初めて目にしたのだから、彼が知らないのも無理はない。

「魔力を奪うなんて見たことないけれど、確かにあれは毒だったわ。きっとどこかで毒を口にしているはずよ。身体に傷はなかったから恐らく経口摂取だと思うんだけど、何か変なものを食べたとか、心当たりはある？」

　アデルは首をかしげたあと、かぶりを振った。

「分からないけど、飲み物に混ぜられたのかも。一応用心してたんだけどなぁ」

「……毒を盛られるなんて、あなたは何者なの？」

　メリアの問いに、アデルは悪戯っぽい笑みを浮かべて片目を閉じる。

「ちょっとした、お尋ね者でね」

「……」

「あっ、決して犯罪者じゃないから！　本当だってば、こう見えておれ、すげえ真面目。ねぇ引かないで、メリア！」

　笑顔を消し、胡散《うさん》臭いものを見るような表情になったメリアを見て、アデルは慌てたように立ち上がる。

「ごめんって。冗談が過ぎた。一応ね、ちょっといい家の生まれなんだ。後継問題に巻き込まれて、邪魔なおれを消そうと画策したやつがいたみたい。多分、毒もそいつの仕業じゃないかな。正直なところ跡継ぎに興味はないんだけど、まわりが放っておかないんだよな。おれって優秀だから」

　そう言って明るく笑うアデルを見て、メリアは黙ってうなずく。もちろん彼が嘘《うそ》を言っている可能性もあるが、アデルの立ち居振る舞いは確かに洗練されている。それなりの家の生まれだというのは間違いなさそうだ。

「お家騒動に巻き込まれるのはごめんだから詳しくは聞かないけれど、気をつけてね。治癒師にだって治せるものと治せないものがあるんだから」

体調が悪化する以前に、アデルが摂取した飲食物を聞き取ってカルテに記録し、メリアはペンを置いた。

「それで、治療費のことなんだけど」

治癒師の治療には、もちろん費用が発生する。治癒の魔法を使える者は少ないので、高額な料金が設定されているのだ。

「どれくらいかかる？」

アデルの問いに、メリアは指を三本立てた。

「金貨三枚。……と言いたいところだけど、さっきの魔力を返してくれた分を差し引いて、金貨二枚と銀貨五枚ね」

メリアの言葉に、アデルは渋い表情を浮かべた。無理もない、金貨一枚あれば、十日は食べていけるのだから。

それでも、命拾いしたと考えれば決して高くはないだろう。

「手持ちがないなら、あなたの実家に連絡して送金してもらう形でも構わないけど」

彼の言う通り、生家が『ちょっといい家』なのであれば、このくらいの金額を融通することは難しくないはずだ。

メリアの言葉にアデルは小さくため息をつくと、顔を上げた。

「申し訳ないんだけど、家には連絡したくないんだ。おれが生きてるって知れたら、また命を狙われるかもしれないからね」

だから、とつぶやいて、アデルは立ち上がって身を乗り出す。思わずその動きを追って顔を上げたメリアの目の前に、アデルの端正な顔が近づいてくる。

アデルはそっとメリアの頬に触れて、にっこりと笑った。

「……治療費は、身体で払わせて」

すぐそばで囁かれた言葉に、メリアは息をのんだ。

「な……っ」

のけぞって逃げようとした身体を、アデルの腕が絡めとるように引き寄せる。あっという間に腕の中に抱き込まれて、メリアは抵抗するけれど力強い腕は揺るがない。

「や……っ、離して」

「ねぇ、メリア。さっきのキス、覚えてる？」

「……え？」

アデルの言っている意味が分からなくて、メリアは思わず抵抗をやめて目を瞬く。アデルは、動いた拍子に解けたメリアの髪を指先に絡めながら笑う。

「おれが魔力をメリアに返した時のキス。メリアの魔力、すごく甘かった。メリアはどう？　おれの魔力、何か感じた？」

「それは……」

確かにメリアも、アデルの魔力を甘く感じた。まるで恋人同士が交わすもののようなキスのせいでそう感じたのかと思っていたけど、違うのだろうか。

メリアの反応を見て、アデルは嬉しそうに笑った。

「……やっぱり。ねぇ、メリア。聞いたことない？　運命の相手の魔力は、すごく甘く感じるって話」

「そ、そんなの知らない……っ」

優しく微笑むその顔に見惚れかけて、慌ててメリアは首を振る。甘い魔力と運命の人の話は、子供の頃のおとぎ話として聞いたことがあるけれど、それが本当にあるなんて思ったことはない。

確かに先程のキスは思わず溺れてしまうほどに甘かったけど、会ったばかりのアデルが運命の相手だと簡単に信じるほど、メリアはもう夢みる子供ではない。

「じゃあ、もう一度確かめてみようか」

「待っ……」

止めようとした言葉は、アデルの唇に塞がれて消えた。強引に絡められた舌が、メリアの言葉を奪っていく。

抵抗しようと胸を押した手も握られ、動きを封じられてしまった。望んだ行為ではないはずなのに、彼と触れ合った場所から身体が熱くなっていくような疼《うず》きを感じる。流れ込んでくる魔力はやっぱりとても甘く、もっと欲しくなる。

「甘く感じた？」

ようやく解放されたものの、至近距離で微笑まれてメリアの頬に血がのぼる。柔らかく細められた瞳の奥には、美しく揺らめく銀の色。

その瞳に誘われるように、思わずこくりとうなずいてしまったメリアを見て、アデルは嬉しそうに笑った。

「……ね、だからさ。おれとメリアは運命の相手なんだ」

耳元で囁いて、アデルはメリアを抱き上げる。小柄で華奢とはいえ、成人女性であるメリアの体重をものともしない腕の強さに、思わず小さな吐息が漏れた。

「ベル……鳴らす？」

確かめるように、アデルが壁のベルの方を見る。あのベルを鳴らせば、兵士が駆けつけてくれる。こんな不埒《ふらち》な行いをするアデルを捕えてくれるだろうし、治療費を踏み倒さないように、きっとアデルの実家に話だってつけてくれるだろう。

だけど、メリアは黙って首を振った。

正直顔も声も好みだし、女慣れしていそうなところは少し気になるけど、一夜限りだと思えば平気だ。

正規のルートではなくたずねて来たアデルの治療を受け入れたのはメリアだし、ここは治療費を身体で払うと言うアデルを受け入れて、割り切って楽しんでしまおうと思う。

今は恋人もいないけれど、メリアにだってそれなりに経験はある。奇しくも今夜はメリアも月のものが近いせいか、多少身体が疼くのだ。

そんなふうに言い訳をしてアデルを受け入れたメリアは、きっと酔っていたのだろう。一夜限りの関係なんて、普段なら考えもしないはずなのに。

メリアはそっとアデルの首に腕を回した。そして、小さな声で囁く。

「……寝室は、廊下を右よ」

「了解、お姫様」

くすりと笑って、アデルは力強い足取りで、寝室へと向かった。

ベッドの上にそっとメリアを横たえると、アデルは囲うように手をついてメリアを見下ろす。

「確認なんだけど、初めてじゃない……よな？」

今更な言葉に、メリアは笑ってうなずく。

「残念ながら、と言ったらいいのかしら。それなりに経験はあるわ」

「うん、きみの初めての男になれなかったことはものすごく残念だけど、歴代の男を忘れるくらい、気持ちよくしてあげる」

囁きながら耳に口づけられて、メリアの身体が震える。

「……ん、耳は、だめ。弱いの」

「そんなこと言ったら、逆効果だって」

くすりと笑ったアデルが、メリアの耳奥に舌を差し入れる。耳の中で響く水音に、メリアは悲鳴をあげて身体をよじった。

「可愛い、メリア。耳、そんなに弱いんだ」

頭を撫《な》でながら顔をのぞきこまれて、メリアは熱くなった頬を隠すように横を向く。弱い耳を責められただけでなく、耳元で響くアデルの声に身体の奥が疼くのが分かる。少し甘いアデルの低い声に、うっとりとしてしまう。

「何ていうか……、あなたの声が、すごく好き、かも」

腕で顔を隠しつつ小さな声でつぶやくと、アデルが笑った気配がした。

「何それ、可愛すぎるんだけど」

楽しそうな声と共に顔を隠していた腕を引かれて、真っ赤に染まった頬をアデルの目の前に晒《さら》してしまう。

「ふふ、真っ赤だ。会ったばかりだけど……好きだよ、メリア」

「……っ」

リップサービスだと分かっていても、優しく微笑んで甘い声でそんなことを言われたら、思わずときめいてしまう。

相当女慣れしているな、と頭のどこかで考えつつも、アデルはきっとメリアの気持ちを高めるために言ってくれているのだから、ここは素直に受け入れてしまった方が幸せだな、と思う。こんなにも顔も身体も声も好みの男に抱かれる機会なんて二度とないだろうから、楽しんだもの勝ちだ。

メリアは、小さく笑うとアデルの首に腕を回した。

「私の治療費は高いわよ。しっかり払ってね」

「もちろん」

アデルは蕩《とろ》けるような甘い笑みを浮かべて、メリアに優しいキスを落とした。

◇

静かな部屋の中に、濡《ぬ》れた水音とメリアの甘い声が響く。

「やぁ……っ、ん、ねぇ、もう……っ」

ぶんぶんと首を振って、メリアは涙目で脚の間にあるアデルの頭を押し退けようと必死に手を伸ばす。執拗《しつよう》に舌先で敏感な花芽を刺激され続けて、頭の中にどんどん白い靄《もや》が広がって何も分からなくなってしまいそうだ。

「まだだよ、メリア。まだ治療費には足りない」

顔を上げたアデルは、濡れた口元を拭うと身体を起こし、にっこりと笑ってメリアの頬に口づけた。束の間与えられた休息に、メリアは必死で呼吸を整える。

自分の治療費は高い、などと偉そうに宣言したことを、メリアは早々に後悔した。

弱点である耳を舌で攻めながら、アデルの手はメリアが快楽を感じる場所を次々と探し出し、見つけたその場所を執拗に刺激していった。あっという間にメリアは快楽に飲み込まれて、ひたすらに甘い声をあげるしかなかった。

やっぱり女慣れしているなと、息も絶え絶えになりながらメリアはアデルを見上げる。

「もう……充分よ。だからもう……っ」

「あれ、もう欲しくなっちゃった？　でもおれ、まだメリアが気持ちよくなるところ、見たいなあ」

言いながらまた、とろりと垂れた蜜を掬《すく》うように秘部を撫で上げられて、メリアは身体を震わせて小さな悲鳴をあげた。

「だって、私ばっかり……っ」

「ふふ、可愛い。自分ばっかり気持ちよくなってるって気にしてる？」

アデルは、ゆるゆると花芽をいじりながらメリアの顔をのぞきこんだ。

「メリアが気持ちよさそうにしてるのを見てるだけで、楽しいけどね。好きな子には尽くすタイプなんだ、おれ」

それに、と言って、アデルは蜜を纏った指先を口に含む。

「メリアはどこもかしこも甘くて、いつまでだって舐《な》めていたいくらい」

見せつけるように妖艶な表情で指先を舐めるアデルに、メリアはまた赤くなった頬を隠しつつ横を向く。

「や、そういうの、恥ずかし……あぁんっ」

「ほら。声まで甘い」

抗議の声は、アデルの指先が胸の先を摘んだことで甘い悲鳴となって消えた。アデルは、そんなメリアを楽しそうな表情で見下ろしている。

メリアはあっさりとアデルに服を脱がされてしまったというのに、アデルはまだシャツを少しはだけた程度。そのことも、メリアの羞恥心を加速させる。

「可愛い、メリア。好きだよ。おれだけを見てて」

耳元で吐息混じりに囁かれて、メリアの身体が震える。優しい言葉とは裏腹に、アデルの指先はメリアの快楽を引き出すのを止めようとしない。息をすることすら忘れそうなほどの快感に、メリアの瞳から涙がこぼれ落ちた。

「もう……っ、だめ、……あぁっ」

もうだめだと必死に訴えているのにアデルの手は止まらなくて、メリアは大きく震えて、何度目かの絶頂に押し上げられた。

時折快楽の余韻に身体を震わせつつも、ぐったりと力を失ったメリアの顔をのぞきこんで、アデルはにっこりと笑った。

「メリア、気持ちよかった？」

「だめって、言ったのに……」

アデルの腕の中で乱れに乱れてしまったことが、今更ながら恥ずかしくてたまらない。じっと見つめる視線から逃げるように横を向こうとするのを、アデルの手が止めた。そして、目尻にそっと口づけられる。

「気持ちよすぎて泣いちゃったね。……ん、涙も甘い」

味わうように涙の跡をぺろりと舐めたアデルは、手早く服を脱ぎ捨てるとメリアに覆いかぶさった。

「でも、もっと泣かせちゃうかも」

「や、あ……、んんっ」

まるで形を覚えさせるかのように、少しずつ入ってきたアデルのものに、メリアの背が反る。

じっくり時間をかけて最奥まで到達した時、ふたりの口から同時に満足気な吐息が漏れて、思わず顔を見合わせて笑ってしまった。

「……っ、メリアの中すごい気持ちいい」

「ん、私も……、あんっ、そこだめっ……」

ゆっくりと腰を動かし始めたアデルの腕をつかんで、メリアは首を振る。最奥まで満たされる満足感と、アデルが動くことで中の敏感な場所を刺激される快楽に、メリアの瞳にはまた新たな涙が浮かんだ。

「ほんとヤバい、メリア可愛すぎる」

ため息と共にそう言って、アデルが腰の動きを早める。強く突き上げられて、メリアは必死でアデルにしがみついた。

「だめ、また……きちゃう……っ」

「いいよ、メリア。何回でもイって」

くすりと笑ったアデルが、腰を動かしつつ器用に指先で花芽をいじる。敏感な場所を同時に刺激されて、メリアは逃げるように腰を跳ねさせた。もっとも、上からアデルにのしかかられている状況で、逃げ場などないのだけど。

「やぁ……っ、そこ触っちゃ……だめっ」

「ここ触ると、中がすごい締まるね、メリア」

「もうだめ、……あぁんっ」

「……っと、危ない。おれもイっちゃうところだった」

追い詰められたように、一際大きな声をあげて身体を震わせたメリアの頬を撫でて、アデルは笑う。そして、まだ絶頂の余韻に震えるメリアの身体を抱きしめながら、激しく腰を打ちつける。

「や、だめ、今イって……、やぁっ」

「……くっ、メリア……っ」

絶頂したばかりの敏感な身体を更に高められて、メリアは涙をこぼしながら首を振る。頭が白くなるほどの快楽の渦に飲み込まれながらも、アデルが低く唸《うな》ってメリアの身体の奥深くに熱いものを放ったのを、ぼんやりと感じ取っていた。

◇

かたん、という物音を感じて、メリアは目を開けた。

部屋の中は薄暗く、早起きのメリアの起床時間よりもまだ早い時間だ。

肌寒さを感じて身体を起こせば、肩から薄手のブランケットが滑り落ちた。直接肌を滑るその感覚に、自分が服を着ていないことに気づき、同時に思い出すのは昨晩のこと。最後の方は記憶が朧《おぼろ》げだけど、恐らく三回は抱かれたはずだ。

「……アデル？」

ベッドの上にはメリアひとりで、部屋の中は静まり返っている。ひとり暮らしのメリアの毎朝の光景のはずなのに、今朝は妙に寒々しく感じるのは、昨夜の出来事のせいだろうか。

メリアはガウンを羽織ると、ベッドから立ち上がった。

その瞬間、腰が砕けそうになって、慌ててベッド柵につかまって身体を支える。

とろりと身体の中心からこぼれ落ちたのは、昨夜の残滓《ざんし》。鮮明《せんめい》に思い出してしまって思わず赤面しつつ、メリアはゆっくりと部屋を出た。

さして広くない家の中を見て回っても、アデルはどこにもいなかった。

もしかして、と裏口の扉を開けてみたものの、やはり誰もいない。

メリアは、小さなため息をついた。

治療費の支払いは済んだ、ということなのだろう。

昨夜、アデルがメリアに向けた視線も言葉も指先も、うっかり勘違いしてしまうほどに甘く優しくて、一夜限りということを忘れそうになっていた。

「馬鹿みたい。……勘違いしちゃって、恥ずかしいな」

戸棚から避妊薬を取り出しながら、誰にともなくつぶやいて、メリアはつんと痛んだ鼻の奥に気づかないふりをして笑う。

アデルが優しかったのは、治療費を身体で払うため。メリアが満足しなければ、金銭を要求されるかもしれないのだから。

あんないい男が、メリアのことを本気で好きだと思うはずがない。

「お釣りが必要なくらい払ってもらったし。うん、いい経験になったよね！」

自分に言い聞かせるように元気よくそう言うと、メリアは着替えのために寝室へと戻った。

ベッドを見ると昨夜のことをつい思い出してしまうけれど、メリアは首を振ってそれを頭の中から追い出そうと努力する。

乱れたシーツを無心で剝がし、洗濯するために抱えて立ち上がろうとした時、ナイトテーブルの上で何かが光った。

先程は気がつかなかったけれど、そこには金貨が三枚置かれていた。走り書きのメモには、ありがとうの文字だけが書かれている。

「……治療費は、充分すぎるくらい払ってもらったのに」

メモの文字をなぞりながら、メリアはつぶやく。

あの甘く優しい夜が治療費の支払いでなかったとしたなら、彼はどういうつもりでメリアを抱いたのだろう。

運命の人だと言った言葉や、好きだと告げてくれた声が脳裏に浮かぶけれど、メリアは目を閉じて首を振った。

ため息をついて左手で髪をかき上げ、その手を下ろした時、薬指から何かが抜け落ちるような感覚があった。

慌てて手を握ったものの、キンと高い音を立てて床に何かが転がり落ちる。

「指輪？」

しゃがんでそれを拾い上げたメリアは、首をかしげた。

シンプルな銀色の指輪は、見覚えのないもの。アデルのものだろうか。よく見ると、指輪の内側にずらりと赤い石が並んでいる。表側にこうして石を並べた指輪はよく見るけれど、内側にあるのは珍しい。少しオレンジがかった赤い色は、アデルの髪を思い出させて、メリアは唇を噛む。

どうやら指輪は、左手の薬指にはまっていたらしい。指に微かに残った痕と、指輪の幅が一致したのだ。やはりアデルがメリアの指に残していったのだろう。

その指につける意味をメリアは一瞬考えて、黙って首を振る。

指輪の価値など分からないけれど、内側に並んだ赤い石は美しい。外から見ても分からないようにこの石を埋め込むのは、かなりの技術がいりそうだ。きっと、安価なものではないだろう。

「いつか、また会えたら返そう」

そうつぶやきながらも、メリアは自嘲めいた笑みを浮かべる。きっともう、会うことのない人だ。高価そうなこの指輪も、口止め料を兼ねているのかもしれない。アデルの事情は分からないけれど、後継問題で命を狙われるほどなのだ、彼がここで治療を受けたことは内密にしておいて欲しいのだろう。

きっとこの夜のことは一生忘れられないけど、幸せな夢を見たと思えばいい。

夢ではなかったことは、身体の怠さと肌のあちこちに散った赤い痕が示しているけれど、いずれ消えてなくなってしまうものばかり。

メリアは、ゆっくりと指輪を薬指に滑らせた。

つけてしまえば内側の赤い石は見えなくなり、ただのシンプルな銀の指輪にしか見えない。

せめて、この指輪だけは身につけていてもいいだろうか。昨夜の記憶が、本当は夢ではなかったことを覚えておくために。

「……会ったばかりの人なのにな」

ぽつりとメリアはつぶやく。

一晩共に過ごしただけの相手なのに、アデルの存在はメリアの心の中にしっかりと居場所を作ってしまった。

まるで本当に愛されていたかのように思ってしまうほどの、優しく甘い彼の温もりを忘れられそうにない。

もう一度会えたとして、アデルがメリアを愛してくれるとは思えないけれど。

滲《にじ》んだ涙に気づかない振りをして、メリアは指輪をつけた手を握りしめた。

第二章　思いがけない再会

アデルのことを未練がましく思いつつも、メリアは忙しい日々を過ごしていた。

彼が残していった指輪は、今はメリアの右手の中指に収まっている。男性ものの指輪だったのかメリアの指には少々サイズが大きく、普通につけていたらすぐに指先から滑り落ちてしまう。そのため、いつも身につけている水色の石の指輪と重ねづけすることで、落として失くさないようにしているのだ。

あの夜のことを忘れたくなくてメリアは常に指輪を身につけているけれど、ふとした瞬間に指輪を見つめてため息をつくことが増えた。もう会うことのない、叶《かな》わぬ恋だと分かっているのに、アデルのことが忘れられない。

我ながら、不毛な恋をしているなと思うけれど。

◇

「そういえば、メリアちゃん。最近治癒師が王都に集められてるって話、知ってる？」

馴染みの患者である老婦人が、治療を受けながら口を開く。

「んー？　それは、初耳ですね」

内臓に意識を集中しつつ、メリアは答える。黒くもやもやとした病巣に魔力を注ぎ込むと、それはじわじわと溶けるように消えていった。

「あぁ、楽になったわ。ありがとう、メリアちゃん」

ゆっくりと身体を起こして、彼女は笑う。この町一番の大きな宝石店のマダムである彼女は、定期的にメリアの治療を受けている。昔から病弱で色々な病を抱えて生きてきたというが、メリアの治療がよく効くと懇意にしてくれているのだ。

「それでね、わたしもお客様から聞いた話なんだけど。王太子殿下の調子が思わしくないそうで、各地から腕のある治癒師が呼ばれているんですって。もしかしたらメリアちゃんも呼ばれるかもしれないわ。わたしとしてはメリアちゃんがいなくなると困るんだけど、実力が認められるのは嬉しいものねぇ」

メリアの出した薬湯を飲みながら、マダムはため息をつく。

「まさか、私みたいなひよっこ治癒師はお呼びじゃないですよ」

メリアは笑って首を振るが、マダムは真剣な表情で手を握った。

「メリアちゃんは、とっても腕の良い治癒師よ。王太子殿下の治療に携わることができるなら、それはきっと名誉なことだし、応援しているからね」

「ありがとうございます」

しっかりと握られた手の温もりを感じながら、メリアは深くうなずいた。

メリアの住むアージェンタイル王国は、豊かな国土を持つ大国だ。近隣諸国との関係も安定していて、軍の仕事は魔獣の討伐が中心だと言われるほどだが、唯一の心配事が王太子の体調だ。

王太子が病弱であるというのは、この国に住む者には周知の事実だ。病弱で幼い頃から寝込むことが多く、このままでは王位を継ぐことも難しいのではと心配されていたけれど、数年前に聖女が治療に関わるようになってから目に見えて体調が良くなったと聞く。

治癒魔法の使い手の中でも群を抜いて強い力を持つ者が、国王に聖女の称号を与えられる。指輪を外したメリアの力もそれなりに強いけれど、聖女には到底及ばない。今代の聖女は、重傷者数十人を一瞬で治したというのだから。

そんな聖女がついていながら、更に治癒師を募るほどに王太子の体調は良くないのだろうか。聖女に治せないものが、他の治癒師で治せるとも思えないけれど。

正直なところ、メリアの住むこの町は王都からも遠すぎて、王太子の体調など気にしたこともなかった。穏やかな方だとは聞くけれど、顔も見たことがないのだから。

マダムはああ言っていたけれど、王太子の治療に関わるなんて天と地がひっくり返ってもないことだと思っていた。

◇

一日の仕事を終えたメリアは、戸締まりをするとお湯を沸かし始めた。鼻歌を歌いながら熱いお茶を保温瓶にいれて、更に数枚のクッキーと一緒にバスケットの中に放り込む。

準備が整ったのを確認して、メリアはうなずくとパントリーの扉を開けた。様々な食品の並ぶ棚のそばに、更に小さな扉がある。メリアはバスケットを片手にその扉の前に立つと、把手に触れた。魔力を流し込むと、扉が一瞬青く光ってカチリと冷たい音が響く。

扉の先にあるのは、地下への階段。メリアが足を進めると、壁がぼんやりと光って道案内をする。

階段を降りた先には、壁一面に様々なガラス瓶の並んだ部屋が現れる。そこは、メリアの秘密の研究室だ。

治癒師として修行を始めてすぐ、メリアは毒の種類の多さに気づいた。治癒魔法や解毒剤を使えば大抵の毒は治るため、普通の治癒師は毒の種類など気にしない。だけど、毒によって必要となる魔力の量が微妙に違うことに気づいたメリアは、様々な毒を集めて研究し、それぞれに対応した効率の良い治療方法を探っている。

研究のかいあって、この辺りでよく見られる毒への対処は誰よりも迅速かつ正確にできているとメリアは自負している。

そんなメリアでも、アデルの毒は初めて見るものだった。一般的に知られている毒とは体力を奪うもので、魔力を奪う毒は見たことも聞いたこともなかった。だから、メリアはアデルの身体から取り出した毒を、少しずつ解析しているのだ。


メリアはバスケットをそばの椅子の上に置くと、調合台へと向かった。ずらりと並んだ試験管の底に、黒い塊が蠢《うごめ》いているのを少し顔をしかめてながめつつ、メリアはそのひとつを取り上げて自分の魔力を注いだ水を数滴、黒い塊に向けて垂らす。

次の瞬間、黒い塊はまるで餌を見つけたかのようにメリアの垂らした水に飛びかかる。

「魔力を食う……。何なのかしら、これ」

少し強めに治癒魔法をかければ黒い塊は普通の毒と同じように消えるけれど、爪の先ほどの大きさなのに、消滅させるのにかなりの量の魔力を必要とする。アデルの魔力が枯渇しかかっていたのも、納得だ。

いくつかの薬剤を、調合の割合を変えつつメリアは試験管に垂らしていく。ほとんどの場合効果はないけれど、少しでも反応があれば、その配合を記録しておく。たとえ少しずつでもこれを繰り返していけば、いつかこの毒に対する解毒剤を作れると信じて。

随分長い時間集中していたらしい。メリアはすっかり凝り固まった肩をほぐしながら、椅子の上に置いたバスケットからクッキーを取り出して口に放り込んだ。

「うーむ、まだまだだなぁ。一度先生に相談してみようかしら」

口をもぐもぐとさせながら、メリアは師匠のことを思い浮かべる。

メリアが師事した治癒師のサンドラは、少し変わった人だった。メリアの母より少し年上のその人は、治癒師の仕事の傍ら魔道具の研究開発も行っていて、魔力を抑えるメリアの指輪も彼女が作ってくれたものだ。

様々な道具に溢《あふ》れた研究室でサンドラの手伝いをした日々のおかげで、メリアも研究の楽しさに目覚めた。研究対象が毒だったのは、サンドラも予想外だったようだけど。

サンドラは回復薬や解毒剤の調合も得意で、メリアのようにそれぞれの毒に対する解毒剤を作ることはなかったものの、よく効く薬を作っていた。もしかしたら、メリアが知らない毒のことも知っているかもしれない。

しばらく会っていないし、近いうちにたずねてみようと考えながら、メリアは残りのクッキーを口の中に放り込んだ。

◇

数日後、メリアはサンドラの治療院をたずねた。メリアの住む町よりも王都に近いせいか随分とにぎやかで、行き交う人の数も多い。数年前まではここで修行していたはずなのに、明るく華やかな街並みがまぶしくてたまらない。

やはり自分には、のんびりとした田舎町の方が合う、とメリアはため息をついた。


治療院のそばまで来て、メリアは思わず足を止めた。

サンドラは腕の良い治癒師で、いつだって治療院は混雑していたけれど、今日は外にまで人が並んでいる。

外に並んでいるのは軽傷者が多いようなので、もしかしたら中には重傷者がいるのかもしれない。

メリアは裏口にまわると、窓から中をのぞきこんだ。

予想通り、中は重傷とみられる患者が溢れていた。

サンドラが、忙しそうに次々と治癒魔法をかけていくのが見える。

「おい、そっちより俺を早く治療しろ！」

強い口調で叫ぶその男の方に目を向けると、右足に切り傷を負っているようだ。応急処置として血止めは施されているものの、痛みが強いのか男は顔をしかめている。

だけど、部屋の中にはその男よりも重傷な男たちがたくさんいる。明らかに外に並んでいた人より軽傷なのに、自分を優先しろという態度に、メリアは思わず眉を寄せた。

「メリア、この状況見たら分かるだろ。入って手伝いな」

背を向けているのに、メリアの存在に気づいていたらしい。さすがだなと久しぶりの師匠の声に小さく笑みをこぼし、メリアは中に入った。

「ご無沙汰してます、先生。今日は、やけに怪我人が多いですね。何かあったんですか？」

エプロンを借りて、すぐそばの寝台に横たわる男の治療を開始しながら、メリアは背中ごしにサンドラに声をかける。

「話はあとだ、集中しな」

「はぁい」

そっけない言葉に、ぺろりと舌を出してメリアは目の前の怪我人に意識を集中させる。

「おい、人手が増えたのなら早く俺の治療をしろ。傷跡が残りでもしてみろ、ここの治療院を潰すことだってできるんだぞ。そいつなんかより、早く俺の傷を治せ」

先程の男が、こっちへ来いとメリアを手招きする。それだけ元気なら治療を急ぐ必要はなさそうだが、不穏な物言いにメリアは男の顔を見た。

イライラとした表情を浮かべるその男は、よく見ると制服を着ている。濃紺に銀の刺《し》繍《しゅう》が施されたその制服に見覚えはないものの、恐らくはどこかの兵士か何かか。メリアが今治療をしている若い男も同じ制服を着ているので、上官なのかもしれない。

ここを潰せるなどと言うくらいだから、それなりの地位にはあるのだろう。だとしても、ここでは地位など関係ない。治療院においては、治癒師の判断が絶対だ。

メリアは治療の手を止めないまま、男の方に顔を向けた。

「治療の順番は、治癒師が判断して決定しています。ご自分の番までは静かにお待ちください。あまり興奮すると、血止めの術が切れますよ」

「なん……だと？　この、小娘が！」

メリアの言葉に、男は一瞬で激昂《げきこう》した。寝台のそばに置いてあった水差しをつかむと、躊躇《ためら》いなくメリアに向けて投げつける。距離はあったものの、水差しはまるで弾丸のような勢いでメリアに飛んできた。

「……っ！」

良くて青痣《あざ》、当たりどころが悪ければ骨折か、と覚悟して目を閉じたメリアだったが、予想していた衝撃が来ないことに気づいて恐る恐る目を開ける。

メリアの目の前には濃紺の制服を着た背中があり、その左手には水差しが握られている。投げられた衝撃で割れたのか、ぽたりぽたりと、水が床に流れ落ちていく。どうやら、目の前の人物がメリアを庇《かば》ってくれたようだ。

「治癒師に危害を加えようとするとは何事ですか、カスター副長」

聞き覚えのある低い声に、メリアは思わず顔を上げた。

こちらに背を向けているけれど、燃えるような赤い髪にも見覚えがある。

それは、メリアが決して忘れることのできなかった人。

アデルだった。

間違いない。目の前に立っているのは、あの日メリアが治療をし、そして共に一夜を過ごしたアデルだ。

驚きに目を見開くメリアの方をちらりと振り返って、アデルはそばの寝台へと視線を向ける。

あの夜、メリアを優しく見つめた銀の瞳には、今は何の感情も浮かんでいない。職務中だろうから当たり前なのかもしれないけれど、思いがけない再会に感情を動かされているのは、メリアだけのようだ。

「そちらの者の治療を、優先していただけますか」

その言葉にメリアは慌ててうなずくと、治療を再開する。寝台に横になっている若い男の傷は深く重傷だし、他にも治療を必要とする人たちがたくさんいる。余計なことを考えている暇はない。

そんなメリアの様子を、カスターと呼ばれた男は忌々しそうな目で見ている。

「いい御身分ですなぁ、団長殿は。我々がこうして傷を負っているのに、あなたは無傷でのんびり視察ですか」

嫌味な口調のカスターに、アデルは小さく肩をすくめた。

「私は、副長として色々としなければならないことが山のようにあるのですよ。私が動かなければ、下の者も動けず困る。そのために優先して治療を受けたいと希望することは、そんなに問題でしょうか」

そう畳み掛けるカスターの言葉に、メリアは激しく苛立つ。

アデルは何も言わないけれど、彼の身体にはいくつもの傷があることにメリアは気づいている。特に、右腕の傷はかなり深い。きつく縛って出血を抑えているものの、早く治療をすべき傷だ。

「……治療はしてやるから、さっさとここから出ていきな」

それまで黙って治療をしていたサンドラが、つかつかとカスターに歩み寄ると、叩きつけるように治癒魔法を施した。

「なんだ、その口のききかたは。俺は、魔導騎士団の副長だぞ」

傷が治ったのを確認したカスターは、苛立った表情でサンドラをにらみつける。直接視線を向けられていないメリアですら怯《ひる》みそうになる威圧感だが、サンドラは軽く首をかしげてそれを受け止める。

「あんたがどんなお偉いさんか知らないけどね、ここではあたしの決定が最優先だ。傷は治してやったから、さっさと出て行きな。ぎゃあぎゃあと騒がれたら、迷惑だ」

サンドラの言葉に、カスターはぎりっと歯嚙みする。

「たかが治癒師のくせに、偉そうに」

「その治癒師に大騒ぎして治療を強請ったのは誰か、もう忘れたのかい。いいから邪魔しないでおくれ。あんたの可愛い部下たちの治療が残ってるんだ」

　サンドラは踵《きびす》を返すと、また治療に戻った。メリアも、黙って次々と治療をしていく。

「……っ」

　そばで治療を見守っていたアデルが小さく息を詰めるのが聞こえて、メリアは顔を上げた。黙ってここに残ることにしたらしいカスターの方を、アデルは厳しい表情で見つめている。だけど、その顔は先程より少し青白くなっている。傷の痛みが酷いだろうし、傷の深さを考えると、かなりの量の血を失っているはずだ。

　メリアの視線に気づいたのか、アデルがふとこちらを見た。

「何か？」

　小さく首をかしげ、こちらを見つめる銀の瞳に親しげな色は全く浮かんでいない。メリアは慌てて口を開く。

「えっと、あの、治療を……」

　その言葉にアデルは、あぁとうなずいたあと、首を振った。

「いえ、他の者を優先してください。おれは平気なので。もうすぐまた、多くの負傷者が来ますから」

「でも」

　青白い顔をして笑うアデルを見て、メリアは困って眉を寄せる。

「……なら、回復薬をいただけますか」

　回復薬を飲んだところで治る傷ではないのだけど、アデルはそれ以上を求める気はないようだ。メリアは黙ってうなずくと、棚から回復薬を取り出して手渡す。

「ありがとう」

　回復薬を受け取ったアデルは笑みを浮かべると、回復薬を一気に飲み干した。わずかに顔色が良くなったのを確認して、メリアは小さくため息をつく。

　薄々気づいていたけれど、アデルはメリアのことを覚えていないようだ。まるで初対面といった様子の態度だし、右手につけた指輪を見ても、表情ひとつ変えないのだから。

　所詮、一晩過ごしただけの相手だ。彼にとっては、よくあることだったのかもしれない。

　思わぬ再会に喜んでしまった自分が、馬鹿みたいだ。未練がましく指輪を身につけていることも、なんだか惨めに思えてくる。

　瀕死《ひんし》のところを救った相手のことも覚えていないなんて、と少しだけ不満な気持ちも顔を出す。恩を着せるつもりはないけれど、それでも少しくらいそう思ってしまうのは仕方がないと思う。メリアはアデルのことを忘れられなかったから、尚更。

　だけど、アデルの身体にいくつも残っていた傷跡を考えると、彼はメリアに会うまでにも何度も命の危機に瀕しているはずだ。いちいち覚えていないのかもしれない。

　メリアはこっそりと小さなため息をこぼすと、また治療に集中した。

しばらくして、室内にいる全員の治療が完了した。人数が多くて大変だったけど、誰ひとり命を落とすことなく治療ができてほっとする。

「メリア、今のうちに少し休んでおきな。もうじき第二陣が来る。応援も呼んでるけど、どっちが先に来るか分からないからね」

サンドラの言葉に、メリアは驚いて眉を上げる。ここにいる人間だけでもかなりの数なのに、まだ終わりではないとは。

「一体何があったんですか？」

メリアはサンドラから魔力の回復を助ける薬湯を受け取りつつ、首をかしげる。

「何も知らん小娘だな」

嘲るような声で笑ったのは、カスターだった。治療は済んだのに、部下の治療を見届ける必要があるとか何とか言って、未だに居座っているのだ。アデルは何やら忙しそうに誰かと通信でやりとりしているから、カスターはただサボりたいだけのように見える。

カスターは、自らの制服を見せびらかすように胸を張って座り直した。

「無知なお前でも、魔導騎士団の存在くらいは知っているだろう。この街の近くの森に強力な魔獣が大量に出現したとの通報を受けて、我々が討伐に向かったんだ。お前たちの平和を守るために戦ったんだから、ひれ伏して感謝してもいいくらいだぞ」

そう言って、カスターは思いっきりふんぞりかえる。

魔導騎士団とは対魔獣に特化した騎士団で、強い魔獣の討伐を主に請け負っている。様々な攻撃魔法の使い手の中でも、特に能力の高い者のみに、国王が直々に配属の命を与えるエリートの集まりだと聞いたことがある。

このカスターもエリート……？　と言いたくなるけれど、彼も実戦ではきっと強いのだろう。

彼らが身につけている濃紺の制服は、魔導騎士団のもの。ということは、アデルもそうなのだということに気づいて、メリアはアデルの方を見た。回復した騎士のひとりと何かを話し合うその横顔は真剣で、つい見惚れてしまう。

カスターに団長と呼ばれていたから、アデルは魔導騎士団のトップということになる。鍛え上げられた肉体に、メリアが今まで見たことないほどの魔力量。アデルも、かなり強いのだろう。

やっぱり、最初から手の届かない人だったんだなと思いつつ、メリアはため息と共に薬湯を飲み干した。

「メリア、絶対に指輪は外すんじゃないよ」

飲み終わった薬湯のカップを片付けていると、そばにやってきたサンドラがこそりと耳元で囁いた。指輪を外さなくてもメリアにはまだ余力があるけれど、これから第二陣の負傷者が来たらどうなるか分からない。サンドラも疲れているだろうし、いざという時には指輪を外して力を解放するつもりでいたメリアは、思わず顔を上げる。

「でも、」

「あんたの力がバレたら、なんだか面倒なことになりそうな気がするんだ。特に、あのカスターって男には絶対知られないように気をつけな」

「……分かりました」

メリアは小さくうなずいた。さっき治療をした人数と同じくらいであれば、なんとかなる。サンドラは勘が鋭いところがあるので、彼女の言うことに従っておくべきだろう。

しばらくすると、治療院の外が騒がしくなった。どうやら、新たな負傷者が運ばれてきたらしい。一目見ただけで重傷と分かる男たちが、次々と運ばれてくる。

これは気合いを入れてかからなければ、とメリアが気を引き締めていると、アデルが深刻な表情を浮かべ、足早に近づいてきた。

「新たな魔獣が出現したようなので、おれはもう一度現場に戻ります。彼らの治療を、頼みます」

サンドラに頭を下げて、アデルは回復した騎士たちと共に出て行こうとする。その足取りに揺るぎはないけれど、治療を受けていないアデルのことが心配で、メリアは思わずその姿を目で追ってしまう。

「メリア、騎士の皆さんに回復薬を持たせてやりな」

「あ、はい」

メリアはうなずいて、薬品棚から回復薬の小瓶を取り出す。

「そこのあんた、手伝ってくれるかい。小瓶とはいえ、結構重たいんだ」

サンドラが、アデルを手招きする。人数分の小瓶を一気に抱えてもそれほど重たいわけではないけれど、サンドラがアデルを呼んだ理由を知っているメリアは、黙ってアデルを待つ。

「これをお持ちください。酷い傷にはあまり効きませんが、少しはましになるかと」

そう言って小瓶を手渡しながら、メリアはアデルの指先にそれとなく触れる。

「……っ、ありがとうございます、助かります」

アデルは一瞬驚いたように動きを止めたけれど、すぐに笑顔を浮かべて小瓶を受け取った。

「どうぞ、お気をつけて」

メリアも微笑んで、アデルを見上げる。

先程指先を触れ合わせた一瞬で、メリアはアデルの傷に治癒魔法を施した。周囲にバレないように急いでおこなったので、一番酷い右腕の傷を治すのが精一杯だったけれど。

それでも、何もしないよりはましだろう。

どうか無事に戻って来ますようにとの祈りを込めて、メリアはしばらくの間、彼らが出ていった扉を見つめていた。

◇

第二陣で運ばれてきた負傷者たちも、重傷者が多かった。そのため、メリアはサンドラと手分けしてひたすらに治癒魔法をかけ続けた。応援に来てくれた治癒師には、外で軽傷者の対応を任せている。そちらも人数がかなり多いので、この部屋の中の重傷者はサンドラとふたりで対応するしかない。

瀕死の傷を負った騎士の治療をしていたサンドラが、一瞬ふらついたのを見て、メリアは慌てて駆け寄る。

「先生、少し休んでください。私はまだあと少し余裕がありますから」

「ちょっと薬湯を飲んでくる。その間、頼むよ」

サンドラの言葉にメリアはうなずき、治療を交代する。

意識を失っていた騎士が微かに反応を示したことを確認して、メリアはほんの少しだけ肩の力を抜いた。

まだまだ気は抜けないけれど、ひとまず全員が命の危機を脱した。やはり重傷者が多かったので魔力はごっそりと減ったけど、なんとか尽きる前に一旦治療を終えられて良かった。

「ふん、ひとりでも命を落とすようなことがあったらどうしようかと思ったが、一応その心配はなさそうだな」

じっと治療の様子を見ていたカスターが、つぶやく。彼は、ここで治療を受けた騎士らの様子を見るという任務についているらしい。決してサボっているわけではないのだろうけど、のんびり寝台に腰かけて薬湯を啜《すす》っている姿を見ると、微妙にイラッとしてしまう。


その時、治療院の扉が激しく叩かれた。サンドラが扉を開けると、一目で致命傷と分かるほどの傷を負ったアデルを抱えた騎士が、倒れ込むようにして入ってきた。

「お願……です、団長を……っ」

「寝台に運ぶ時間はないね。そこに寝かせな」

床に寝かせたアデルに、サンドラが治癒魔法をかけていく。左肩から右腰にかけて斜めに走った傷は深く、どくどくと溢れる血が、床に広がっていく。

「自分を庇って団長は……っ」

アデルを連れてきた騎士が、青白い顔でぶるぶると震えながら喘《あえ》ぐようにつぶやく。彼も左脚を骨折しているが、そのことにも気がついていないようだ。恐らく無我夢中だったのだろう。

メリアは落ち着かせるように騎士の肩に触れたあと、折れた脚にそっと治癒魔法をかけた。

魔獣の討伐には成功したらしいが、騎士たちは皆、傷を負っている。アデルのことは気になるものの、他にも治療すべき人たちがたくさんいる。メリアは、サンドラに想いを託すように見つめたあと、治療に集中した。


全員の応急処置を終えたメリアは、アデルの方をうかがった。傷口が深いのか、一時より出血量は減ったものの、まだじわじわと血が滲んでいる。

大量の血を失ったアデルの顔は白く、その目は固く閉じられている。

だけど、そばで治癒魔法を施すサンドラの顔色もかなり悪い。立て続けに重傷者の治療をしているので、そろそろ限界なのだろう。

メリアはゆっくりと立ち上がると、サンドラのそばへと行った。

「……っ、メリア、だめだ」

サンドラが首を振るけれど、メリアは大丈夫だという思いを込めてうなずいた。今この力を使わないで、いつ使うというのだろう。

そして、右手の中指にはめた水色の石のついた指輪をそっと抜き取った。

瞬間、ふわりとメリアの身体が光り、抑えつけていた魔力が全身に巡っていく感覚がする。

「なん、だ……？」

カスターの声が聞こえたような気がするけれど、今のメリアにそれを気にする余裕はない。

メリアは、アデルのそばに膝をつくと、全力で治癒魔法をかけた。傷口を塞ぎつつ出血源を探して、練り上げた魔力を思いっきり注ぎ込む。今にも途切れてしまいそうな、彼の命の糸を、必死で手繰り寄せるように。

どうかもう一度、あの揺らめく銀の瞳でこちらを見て欲しい。そして、メリアのことを忘れていたことを、少しだけ怒りたい。それから、この気持ちを伝えたい。たった一晩過ごしただけなのに、ずっと忘れられなかった、この気持ちを。

だから、戻ってきて。祈るようにメリアは、力なく投げ出されたアデルの手を握る。

どれほどの時間、そうしていただろう。

微かにアデルの指先が動いたのに気づき、メリアはハッとして顔を上げる。

まだ固く目を閉じたままだけど、その顔色は先程より少しましになっている。出血が止まり、傷口を塞いだことでなんとか持ち直したようだ。

「良かっ……た」

安堵《あんど》のあまり座り込んでしまったメリアの様子を見て、固唾を飲んで見守っていた騎士たちもアデルが一命をとりとめたことに気づいたのだろう。大声こそあげないものの、喜びの声がそこここであがる。

「メリア、もうここはいいから奥で休んできな。魔力の使いすぎだ、無理したら倒れるよ」

サンドラの言葉に、メリアはうなずいた。アデルの治療にかなりの魔力を使ったものの、抑えていた魔力を解放したのでまだまだ余力はある。

だけど、何を考えているのかじっとメリアを見つめるカスターの存在が気になる。サンドラも、恐らくカスターからメリアを遠ざけたいのだろう。

メリアは、余力があることがバレないように疲れた表情を浮かべて奥の部屋へと向かった。


夜、メリアはアデルの病室へと向かった。アデルほどではないけれど、傷の酷かった騎士の数人もここで一晩過ごしている。眠っている彼らを起こさないよう足音を忍ばせて、目的の部屋を目指す。

部屋の前にはひとりの騎士が立っていて、メリアに気づくと微笑みを浮かべて会釈した。見覚えがあると思ったら、自分を庇ってアデルが傷を負ったのだと青白い顔で言っていた騎士だ。アデルが一命をとりとめたことで、彼も随分と安心したようだ。

それでも、アデルが目覚めるまでここにいようと決めて、寝ずの番をしているらしい。

「治癒師殿。今日は本当にありがとうございました。団長に何か？」

「ええ、少し経過を見たくて。まだ目を覚ましてませんか？」

「そのようですね。どうぞ、中へ」

騎士が扉を開けてくれたので、メリアは軽く会釈して中へと入る。彼は外で待つことにしたようなので、部屋に入ったのはメリアだけだ。

メリアは、そっと寝台へと近づいた。

傷は治したものの、失った血の量が多すぎたのか、アデルはあれからまだ目を覚まさない。少しずつ顔色は良くなってきているので、大丈夫だとは思うのだけど。

アデルの額に触れて熱が出ていないか確認をしたあと、メリアは規則正しく上下する胸元へ、手をかざした。傷は綺麗《きれい》に治っているし新たな出血はなく、特に問題はなさそうなので、あとは体力の回復を待つだけだ。メリアはサンドラが作った回復薬を棚から取ると、スプーンに取って少しずつ口に流し込む。

薬を飲ませ終えてもなんとなく離れ難くて、じっと見守っていると、不意にアデルが小さくうめいた。

ゆっくりと目蓋が開き、美しい銀の瞳が姿をあらわす。

しばらく視線をさまよわせたあと、その瞳はメリアをとらえ、柔らかく細められた。

「……今回は、口移しで飲ませてくれなかったんだ。残念」

少し掠《かす》れているものの悪戯っぽい口調でそう言われて、メリアは息をのむ。

「覚えて、たの？」

アデルは、くすりと笑うとゆっくりと身体を起こした。まだ寝ていた方が、と止めるメリアの手を握り、まっすぐに見つめる。

「忘れるわけない、命の恩人だ」

あの時も今も、助けてくれてありがとう、とアデルは穏やかな表情で微笑む。

「魔導騎士団……なのね。団長だなんて、すごいわ」

握られたままの手が酷く熱く感じられて、動揺を隠すためにメリアは話題を変える。

「うん、メリアの前では死にかけてばかりだから嘘みたいだけどさ、それなりに強いよ」

そう言って、アデルが胸を張ってにやりと笑う。そして握ったままのメリアの手を持ち上げて、そっと中指に口づける。そこにあるのは、アデルの残していった指輪。

「つけていてくれたんだな、これ」

嬉しそうに見上げられて、メリアの頬に血がのぼる。

「急に……いなくなったから、びっくりしたわ。忘れ物かと思って、次に会うことがあれば返そうと思っていたの」

赤くなった頬を隠すように顔をそむけて、メリアは言い訳するようにつぶやく。それを見て、アデルが返さなくていいと小さく笑った。

「ごめん。ほら、おれってお尋ね者だから」

あの時と同じ冗談を口にするアデルに、メリアも思わず笑ってしまう。

「おれに毒を盛ったやつが、あとをつけて来ていないことは確認してたけど、夜が明けれ

ば人目につきやすくなるから。まだ暗いうちに出ようと思ったんだ」

もう一度、ごめんとつぶやいて、アデルは指輪を撫でる。

「……だけど、メリアのことは忘れたことないよ。おれの運命のひとだ」

甘く囁かれて、メリアは一瞬絆《ほだ》されそうになるものの、慌てて首を振る。

「嘘。昼間に会った時は全然そんな素振り見せなかったじゃない。誰にでもそう言ってるんじゃない？　あちこちにあなたの運命のひとがいそうだわ」

ちょっと拗《す》ねたような口調になってしまったのに気づいたのか、アデルがくすりと笑ってメリアの髪を撫でる。

「まさか。メリアだけだよ、信じて。昼間は他のやつらがたくさんいたからね。メリアの顔を見たら、あの夜のことを思い出しちゃってついにやけちゃうから、見ないように気をつけてたんだ」

「そ、それは……」

思わずうつむいたメリアの頬に触れて、アデルは笑う。

「だって、めちゃくちゃ可愛かったもん、あの夜のメリア。でも、ベッドの上だけじゃない。必死におれを救おうとしてくれたメリアを、好きになったんだ」

アデルは、顔をのぞきこむと笑って指輪に触れる。

「メリアも同じ気持ちだと思ってもいい？」

「……っ、私だって、ずっと忘れられなかった。何度も馬鹿みたいって思ったのよ。あなたみたいな人が、私のことを本気で相手にするわけないって。だけど、この指輪をつけていたらまた会えるかもしれないって思って……」

話している最中に腕を引かれ、メリアの身体はアデルの胸の中へと抱き寄せられる。

「……好きだよ、メリア。本当なら、このままきみを抱きたいところだけど……。さすがに無理だな」

残念、とため息混じりに耳元で囁かれて、メリアはくすりと笑った。

「そうね、ここで無理したらまた動けなくなるわよ」

「せっかくメリアに治してもらったしな」

笑いながらアデルはメリアの手を取ると、指輪に触れる。魔力を注ぎ込んだのか、ふわりと温かくなる感覚と共に内側の赤い石が淡い光を放った。

「これは、ずっと身につけていて。おれの魔力を与えた魔石だ。メリアが、おれの最愛のひとだという証だから」

「うん……」

まっすぐに見つめる銀の瞳に、熱くなる頬を感じながらメリアはうなずく。アデルは愛おしそうな表情で微笑むと、メリアの頬に触れた。

ゆっくりと優しく上を向かされて、メリアは瞳を閉じる。

久しぶりのキスは、回復薬の味が微かにした。だけど、やっぱりとても甘く感じた。

至近距離で見つめ合い、笑い合ったあと、アデルはメリアの手を取った。そして、アデルがくれたものと同じ指にはまっている、水色の石のついた指輪に触れる。

「これでメリアの魔力を抑えてるんだな。メリアの瞳みたいで綺麗な石だ」

「うん。サンドラ先生が作ってくれたの。私の力は強すぎるから、悪目立ちしないようにって」

「あぁ、それで……。だけど、メリアの力がバレてしまうのは避けたかった」

つぶやいた声が先程までとは違って聞こえて、メリアは思わず顔を上げる。アデルは小さく笑うとメリアの髪に触れ、身体を離した。

「そういえば、メリアは何故ここに？　あの治療院は閉めたの？」

問いかけられて、メリアは首を振る。

「今日は、私の治療院はお休み。ここは私が以前修行していた場所なの。たまたまサンドラ先生をたずねたら、騎士団の人たちが運ばれてきたところで、人手が足りないから手伝っていたのよ」

今日メリアがここにいなければ、騎士を全員救えたかどうか分からない。アデルはここで命を落としたかもしれない。そう考えると、偶然とはいえ今日ここに来ていて良かったと心の底から思う。

アデルは、顎に手をやって何かを考えこんでいる。その表情はさっきまでと違い、深刻そうな色を浮かべている。

「メリア、今すぐここを出るんだ」

「え？」

突然のことに、メリアは目を瞬く。アデルは、メリアの手を握った。

「きみの力は、あまりに強すぎる。サンドラ先生は、こうなることを心配していたのかもしれないいな」

「ねぇ、ちょっと待って。意味が分からないわ」

「きみは優秀な治癒師だから、その力を欲しがる者がたくさんいるということだよ」

アデルは部屋の中を見回すと、バルコニーを指差した。

「サンドラ先生にはおれから話しておくから。すぐに自宅に戻った方がいい。そこから外に出て――」

早口でそう言って、アデルがメリアを椅子から立ち上がらせようとする。だけど最後まで話さないうちに、部屋の外で何やら言い争うような声がした。

「……ってください、団長はまだ回復しきっていません。治癒師殿が今、……」

「その治癒師に用があるんだ」

部屋の前に立っていた騎士の制止を振り切り、足音荒く中に入ってきたのは、カスターだった。

カスターはアデルには目もくれず、一直線にメリアへと向かってくる。ぐいっと強く腕を引かれて椅子から立たされ、思わず小さな悲鳴をあげてしまう。

「小娘、俺と一緒に城へ来てもらう。お前はなかなか優秀な治癒師のようだからな」

「カスター副長、何事ですか。こんな夜更けに突然たずねてきて、彼女にそんな手荒な真似をして」

アデルが立ち上がり、カスターの手からメリアを解放してくれる。だけど、一瞬アデルが顔をしかめたのにメリアは気づく。急に動いたので、まだ回復しきっていない身体に障ったのだろう。

カスターは苛ついた表情で、アデルにつかまれた手を振り払う。

「王太子殿下のため、各地から優秀な治癒師を募っていることはあなたもご存知でしょう。昼間見た、この小娘の力はかなりのものだ。もしかしたら聖女にも匹敵するかもしれん」

カスターの言葉に、メリアは驚いて目を見開く。確かにメリアの力は強いという自覚はあるものの、聖女には到底及ばないはずだ。

「聖女だなんて、そんな」

思わず声をあげると、カスターは口答えは許さないとでも言いたげにメリアをにらみつけた。さすがは騎士団の副長というべきか、その迫力に圧倒されてメリアは口をつぐむ。

「何を勝手なことを。あなたが最初、彼女にしたことを忘れたわけではないでしょう。そんなあなたの言うことに、彼女が従うとでも？」

アデルが、庇うようにメリアの前に立つ。初対面で思いっきり水差しを投げつけられたことはメリアも許せなく思っていたので、カスターの言うことに素直に従うのは抵抗がある。あの時も、アデルが庇ってくれなかったら、間違いなく怪我をしていたのだから。

そんなアデルを、カスターは嫌なものでも見るように、にらみつける。

「やはりあなたは、兄上の治癒を望んでおられないということですか」

嘲るような口調にも、アデルは表情ひとつ動かさない。

「……兄には、聖女がそばについているはずだ」

「その聖女の力だけでは足りないから、こうして治癒師を集めているのですよ、アデラード殿下。まぁ、あなたはそれを邪魔したいのでしょうけれど」

憎々しげにそう言うカスター。アデルは、表情を変えずに黙って見返すのみだ。

騎士団の団長なんて地位についているのだから、一般人ではないと思っていたが、どうやらアデルは王太子殿下の弟にあたるらしい。それはつまり彼も王子だということだ。メリアは、一気にアデルとの距離を自覚する。

知らなかったとはいえ、うっかり王子と一夜を過ごしてしまったなんて笑えない話だ。

もちろん避妊薬は飲んでいたから、その点は大丈夫だと思うけれど。危うく、王家に新たな争いの種を持ち込んでしまうところだったことに今更気づいて、冷や汗をかく。

王家の話なんて噂《うわさ》話程度にしか知らないけれど、病弱な王太子は次期国王に相応しくないという声が上がっているのは、聞いたことがある。健康な第二王子こそ国王に相応しいと、彼を推す声があることも。それがきっと、アデルのことなのだろう。

メリアは、初めてアデルに会った時のことを思い出す。

毒を盛られて瀕死だったアデル。軽い口調で後継問題に巻き込まれていると言っていたが、冗談ではなかったようだ。

王太子のことはよく知らないけれど、メリアの知るアデルは悪戯っぽい笑顔の似合う明るい人。そんな彼が、兄である王太子を亡き者にして、自分が王位を継ごうと考えるだろうか。あの時も、後継ぎに興味はないと言っていたはずだ。

そこまで考えて、メリアは内心でため息をつく。

本当の名前すら、知らなかったのだ。アデルの何を知っているというのだろう。メリアに見せた顔が彼の全てなはずがない。まして彼は王子だ。

メリアは、中指につけた銀の指輪にそっと触れた。

ついさっき、想いを確認しあったのが遠い昔のようだ。

アデルの言葉を、抱きしめてくれたその温もりを、メリアは信じたい。だけど、メリアはアデルのことを何も知らない。

「小娘、王太子殿下の治療に関わることができるのがどれほど名誉なことか、少し考えれば分かるだろう。もしここで断れば、お前は王太子殿下の治療を拒んだ治癒師として、不名誉な噂が流れるだろうなぁ」

カスターの言葉が、脅すように響く。きっとメリアが拒めば、この先治癒師として生きていくことはできない。この男は、それだけの力を持っている。

メリアは手を握りしめると、決意したように顔を上げた。

「……私にどこまでできるか分かりませんが、精一杯務めさせていただきます」

「メリア」

アデルが咎《とが》めるような声を上げるが、メリアは微笑みを浮かべて首を振った。

「この力がお役にたつのなら、光栄なことです。アデラード殿下も、私の治癒魔法の効力は、よくご存知でしょう？」

王子である彼を、アデルと気安く呼ぶことはもうできない。だけど、名前を呼ばれたアデルは酷く傷ついたような表情をした。アデルにそんな顔をさせたことにメリアの胸も少し疼くけれど、懸命によそいきの笑顔を保つ。

どうやらアデルのことを敵視しているようなカスターには、彼のことを好きだということの気持ちは知られてはならないと思うから。

アデルがあれほどに深刻な表情をしていたのだ、恐らく城に行くのは正しい選択ではないのだろう。それは、メリアを心配してのことかもしれないし、カスターの言う通り王太子の治癒を阻止したいからなのかもしれない。

アデルの真意は分からないけれど、メリアだって治癒師の仕事に誇りを持っている。この力が少しでも役に立つのなら、拒む理由はない。

メリアはそっと右手を握りしめて、アデルのくれた指輪に触れる。

この選択が正しいかどうかは分からないけれど、城に行けばアデルのことも、もっと知ることができるだろう。きっと、身分差を考えたらこの気持ちを諦めなければならないだろうけど、それでも何も知らないままでいるよりはましだ。

彼を諦めるにしても、自分を納得させてからにしたい。

メリアは笑顔を浮かべると、アデルを見上げた。

「あとはサンドラ先生に診てもらってください。傷は治しましたが、まだしばらく安静にしておいてくださいね。……どうぞ、お大事に」

そう言って、メリアは深く頭を下げる。彼との関係は治癒師と患者、それ以外には何もないとカスターに印象づけるために。

「……うん、ありがとうメリア。また怪我をした時は、きみに治療を頼みたいな。どうせなら、可愛い子に治療してもらいたいしね」

アデルも、明るく笑って調子を合わせてくれる。カスターが心底軽蔑したような視線を投げかけているので、きっとふたりの間にあったことはバレていないだろう。

「行くぞ、小娘」

カスターが、メリアの腕を引っ張った。一切力加減のないその強さに、一瞬声をあげそうになるのを必死で堪える。

「こんな夜中に、ですか？　せめて朝まで……」

アデルが眉をひそめてそう言うが、カスターはそれを鼻で笑った。

「この期に及んで時間稼ぎですか。こうしている間にも、王太子殿下は苦しんでおられる。あなたは兄上の苦しみを癒して差し上げたいと思わないのですか」

吐き捨てるように言うと、アデルの返事を待たずにカスターはメリアを引きずるようにしながら部屋を出る。扉が閉まる直前、こちらを見ていたアデルの表情は暗く、沈んでいるように見えた。


「すぐに城へ戻る。転移陣の準備をしろ」

部屋を出たところで、待っていた騎士にカスターは命令する。

「ちょ……っと、待ってください！」

このままでは身一つで城へ連れて行かれそうで、メリアは必死にカスターの腕を止めた。

「なんだ、小娘。やはり行かないとでも言うつもりか」

にらみつけられて震えてしまいそうなのを堪えて、メリアはカスターを見上げる。

「城に行くことは構いません。ですが、私にも仕事があります。一度自宅に帰らせてください。私の患者さんたちに事情を説明する時間をいただけませんか」

不機嫌そうにメリアを見下ろすカスターは、どうやらメリアがここで働いているものだと思っていたようだ。サンドラの了承さえ得ればいいのだろうと言われたので、自分は今日たまたま居合わせただけで、普段は別の治療院で仕事をしていることを必死で説明する。

「それなら、俺が同行しましょう」

話を聞いていた騎士が手をあげてくれる。メリアの治療院のある町には彼も何度か行ったことがあるから、道も分かるとカスターに説明している。

「半日だけ猶予をやろう。分かっていると思うが、逃げようなんて考えるなよ」

冷たくにらまれて、メリアは黙ってうなずいた。

◇

真夜中の移動ということで、メリアは騎士の馬に乗せてもらうことになった。セージュと名乗った彼は、メリアより少し若い青年で、魔導騎士団に入団した時からアデルに世話になっているのだという。今回も庇ってもらって、世話になりっぱなしだと困ったように笑った。律儀に治癒師殿、と呼んでくれる彼に、笑って名前で呼んで欲しいと告げ、馬がメリアの治療院に着く頃には随分と打ち解けていた。

治療院に着いたのは夜明けを少し過ぎた頃で、町はまだ眠っているように静かだった。

メリアはセージュにお茶を出すと、準備をする間、少しでも休んでいて欲しいと告げて自室へと向かった。

ベッドの上にトランクを広げて、着替えや細々としたものをどんどん詰め込んでいく。治癒魔法はメリアの身ひとつでかけることができるけれど、自作の回復薬や解毒剤も少しは持参するべきだろうか。

メリアはトランクを持ってキッチンへと向かった。


セージュには寝台で休んでもらうよう伝えたのだが、彼は椅子に座って目を閉じている。一睡もせずに馬を駆けてメリアをここに連れてきてくれたので、きっと疲れているはずだ。

物音をたてないように気をつけながらキッチンへ足を踏み入れた瞬間、セージュがぱちりと目を開けた。さすがは騎士というべきか、ちょっとした気配にも敏感なのだろう。

「メリアさん、準備は済みましたか」

今まで眠っていたとは思えない爽やかさで、セージュが首をかしげる。

「えっと、まだ少しだけ残っていて」

言いながら、メリアはパントリーの扉を開ける。別に見られて困るものではないのだけど、隠し扉の存在に訝《いぶか》しげな表情を見せるセージュに、振り返って笑いかける。

「この先は、私の研究室になってるんです。色々な薬品も取り扱うので、私の魔力でしかこの扉は開きませんし、中に入れるのも私だけです」

説明をしながら扉に魔力を注ぎ込むと、セージュは驚いたように眉を上げた。

「少しだけ、待っていてください。よく使う薬品をいくつか取ってきたいので」

「……分かりました。えっと、気をつけて？」

「あはは、自分の家だし、危険なものは置いてないですよ。では、行ってきます」

セージュに頭を下げて、メリアは地下へと向かった。薬品類や、自作の回復薬と解毒剤もトランクに詰めておく。

王太子の治療には何を求められるのか分からないので、万全の態勢で臨みたい。

最後に、調合台の上に置いた試験管に目をやったメリアは、小さく息をのんだ。

アデルの身体から取り除いた毒の解毒を目指して、毒が少量入った試験管に、配合を少しずつ変えた薬品を入れていたのだが、その中のひとつだけ毒が消えている。それはつまり、解毒に成功したということだ。

本当はこのまま研究に没頭したいところだけど、時間がない。

メリアは、毒の消えた試験管を慎重に部屋の保管庫に入れたあと、薬品の配合を書き留めた紙をトランクの奥底にしまいこんだ。このメモさえあれば、城でも時間を見つけて研究することができるかもしれない。

トランクを抱えて戻ってきたメリアを、セージュがどこかほっとしたような表情で迎えた。このまま地下に篭《こも》って出てこないことを心配されていたようだ。

「お待たせしました。準備、できました」

「それでは行きましょうか」

セージュに促されて外に出て、しばらく治療院を閉める旨の貼り紙をしていると、聞き慣れた声に名前を呼ばれた。

振り返ると、そこにいたのは宝石店のマダムだった。

「メリアちゃん、やっぱりお城に呼ばれたのね。あなたほどの実力を持つ治癒師を、放っておくはずがないもの。町の皆にはわたしからも伝えておくから、あなたは心配せずに頑張ってらっしゃい。応援しているから」

貼り紙を見て事情を察したらしいマダムは、大きくうなずくとメリアを抱き寄せた。頑張ってね、と激励の言葉と共に背を撫でられて、メリアは笑ってうなずいた。

「ありがとうございます。頑張ってきますね」

マダムに見送られて、メリアはまたセージュの馬に乗って治療院をあとにした。

第三章　聖女と王子と治癒師

「ふん、逃げるかと思ったが、ちゃんと戻ってきたか」

メリアの顔を見て、カスターは鼻で笑った。あのまま逃げようとするならば、縛りつけてでも連行するつもりだったと告げられて、メリアはため息をつく。

城に行くことを決めたのはメリア自身だし、自分の力で王太子を少しでも癒すことができるのなら、とも思うけれど、それがカスターの手柄になりそうなところは微妙に嫌だ。

見送りに来てくれたサンドラは、よく使う薬草を差し出しながら、そっとメリアの耳元に顔を寄せた。

「城で治癒師長をしてるのは、あたしの古い知り合いでね。他国出身で若い頃に苦労したらしくて、どんな身分の者にも分け隔てなく接する優しい人だから、何かあったら頼るといい。調合も得意だから、きっとメリアも勉強になるよ」

サンドラの名前を出せば、きっと分かってもらえると言われて、メリアは笑顔でうなずいた。

準備された転移陣へ促され、メリアはカスターと共に淡く光る陣の上に乗る。逃げるつもりなんてさらさらないけれど、カスターはまだ疑っているようで、きつく腕をつかんでいる。まるで罪人の連行のようだと思いつつ、逆らってもいいことはないので黙って耐える。

セージュはメリアを送り届けると、また城で会いましょうと爽やかに笑って去っていった。すでに職務に戻っているアデルと合流するらしい。メリアも本当は顔くらい見たかったけど、それを望める立場にない。彼が今後も無事にいられることを祈って、メリアはそっと指輪に触れた。

転移陣にカスターが手をかざすと陣が青く輝き、その光がメリアたちを包み込む。目を開けたら、そこは城の門の前だった。見上げるほどの大きな白亜の城に、思わずぽかんと口を開けて見入ってしまう。田舎で生まれ育ったメリアは、これほど大きな建物は見たことがない。カスターに腕を引かれなかったら、いつまでも眺めていたかもしれない。

メリアの治療院が三つは入りそうな大きな城門をくぐり、カスターに連れられて城の敷地内へと進む。

右へ曲がり左へ曲がり、もはやメリアは自分がどこにいるのか分からないが、カスターは迷うことなく歩いていく。

ようやく辿《たど》り着いた先は、恐らく城門から見て左手にある建物だ。速足で進むカスターにぐいぐいと腕を引かれ、大きなトランクを抱えて小走りでついてきたメリアは、すでに疲労困憊《こんぱい》だ。

「あら、カスター副長。どうかなさいまして？」

入り口に立っていた女性騎士が、声をかけてくれる。

「新しい聖女候補だ。聖女になれんでも、そこそこの力は持っているから、何かと使えるだろう。部屋を与えてやってくれ」

そう言ってカスターが、メリアの背を押して前に出す。よろめきながらも、メリアは騎士に頭を下げた。

「メリア・ローノンと申します。よろしくお願いします」

「よろしくお願いします、メリア様。ではカスター副長、こちらでお預かりしますね」

「小娘、俺の顔に泥を塗るような真似はするなよ」

最後にしっかりとメリアをにらみつけて、カスターは去っていった。

「荷物をお持ちしましょう」

騎士が、にっこりと笑ってトランクを持ってくれる。

「カスター副長は、現場では強いのですけれど、女性の扱いには不慣れな方でして。大変失礼しました」

本心では大いに同意したいところだったけれど、メリアは曖昧な笑みを浮かべて緩く首を振った。

案内されたのは、中庭を抜けた別棟の一階。目立った家具は、ベッドと鏡台を兼ねた机のみといった簡素な部屋だが、窓から見える木々が自宅の雰囲気とどこか似ていて案外落ち着けそうだ。広くはないけれど、個室なのもありがたい。

ネレイドと名乗った彼女の説明によると、ここは各地から集められた治癒師が暮らす場所なのだという。正面の建物内の診察室で、訪れた患者の治療を行うのが主な仕事で、場合によってはこちらから傷病者のもとに出向くこともあるという。状況によっては、王太子の治療に参加することもあるらしい。

治癒の力は女性しか持たないため、女性の集まるこの場所の警備を、ネレイドら女性騎士が担当しているのだそうだ。

荷物を片付けたメリアは、早速支給された制服に袖を通す。膝下丈の白いワンピースは、肩のところから大きく広がるフリルがついていて、ケープを羽織っているように見えるデザインだ。フリル部分と袖口、そして裾にはアクセントのように黒いラインが入っていて、胸元にはこの国の紋章が銀の糸で刺繍されている。

きっちりとボタンを詰め、首元のリボンを結ぶと、メリアは鏡の前に立つ。シンプルなワンピースだけど、ものすごく着心地が良くて、きっと高級な布を使っているんだろうなぁと思う。

いつものように髪を耳横でまとめたあと、メリアは右手の指輪に触れた。魔力を抑えている水色の石の指輪と、アデルからもらった銀の指輪。外すべきか少し考えたあと、メリアは指輪をそのままにして部屋を出た。


事前にネレイドに言われていた通り、メリアは治癒師長の部屋をたずねる。ここの総責任者であるという彼女は、メリアの母と同世代のふくよかな女性だった。花がたくさん飾られた彼女の部屋もどことなく母を思い出させて、メリアはほんの少しだけ実家の母に会いたくなる。

治癒師長は、古い知り合いだというサンドラのこともよく覚えていて、メリアが弟子だと知って大喜びしてくれた。

「サンドラの弟子なら間違いないわね。あの人が、中途半端な育て方をするわけがないもの」

ね、とにっこり笑いかけられて、メリアは黙って微笑む。

「魔導騎士団のカスター副長の推薦ということだけど、一応どれくらいの実力があるかは確認させてね」

そう言って連れて行かれた先は、兵士たちの訓練場だった。訓練が終わったばかりなのか、まだ熱気が残っている。

「今日は実戦を意識した訓練だったから、負傷者がたくさんいるの。メリア、あなたにお願いしてもいいわね？」

にこやかな治癒師長だが、その目は笑っていない。メリアの実力がどれほどのものなのか、見極めようということだろう。

メリアはうなずくと、室内を見渡した。この部屋にいるのは、集められた負傷者たち。傷の程度の差はあるが、打撲に切り傷、そして骨折している者も数人いるようだ。命に関わる怪我をしている者がいないのを確認して、メリアはそっと目を閉じる。

自分の身体の中の魔力を一度ひとつにまとめて、目を開けるのと同時に薄く伸ばして部屋の中を満たした。負傷部位を柔らかな薄布で包み込むイメージで広げていき、ゆっくりと満たした魔力を浸透させる。

命に関わる怪我をしている場合だと一刻を争うので向かないが、これだけの大人数かつ軽症者だけならば、一気に治癒魔法をかけた方が早い。

傷が治るのを確認した兵士たちの驚いた声が、ざわめきとなって部屋の中を満たす。

「……終わりました」

治癒師長を振り返ってそう告げると、彼女はにっこり笑って手を叩いた。

「さすが、サンドラの弟子ね。軽症者とはいえ、この人数を一気に治すなんて、なかなかできることではないわ」

笑顔で褒められて、どうやらサンドラとカスターの顔に泥を塗ることはなさそうだと、メリアは小さく息を吐く。

「王太子殿下の治療は聖女アンジェが担当しているのだけど、このところ効果が思わしくないの。新たな聖女を迎えるかどうかも検討しているところだから、あなたも候補にあげておくわね、メリア」

治癒師長の言葉に、メリアは黙って笑みを浮かべて頭を下げた。

今代の聖女は、アンジェという名らしい。治癒師長の口ぶりからすると、あまりいい印象を持たれていないようだ。メリアの中では、聖女といえば尊敬され、崇められる存在というイメージだったのだが、現実はそうではないのだろうか。聖女の代替わりも、こんなに簡単に行われるものだったとは思わなかった。

聖女アンジェとは、どんな女性なのだろうか。

メリアは、まだ見ぬ彼女に思いを馳《は》せた。

昼食の時間、メリアは食堂へと向かった。各地から集められた治癒師たちだが、見る限り若い女性がほとんどのようだ。皆、活力に溢れてキラキラしていて、田舎育ちのメリアは微妙に萎縮してしまう。

「あなた、新入り？」

トレーを持って隣に並んだ女性に声をかけられて、メリアは顔を上げる。

「あ、今日からお世話になります、メリア・ローノンと申します」

そう言ってぺこりと頭を下げたら、何故か信じられないものを見るような顔で見られてしまった。

「別に自己紹介なんていらないわよ。お友達じゃないんだし。あたしたちは皆、ライバルなんだから」

「ライバル……？」

金の髪を優雅に巻いた彼女は、つんと顎をあげてメリアを見る。

「やだ、白々しい。あなたも聖女になるつもりで来たんでしょう？　だけど、そんな地味な格好じゃあ選ばれないわね」

彼女はメリアを頭の先からつま先まで見たあと、フンと勝ち誇ったように鼻で笑った。

「あなたみたいな地味な女に負ける気はしないけど、邪魔するなら潰すわよ。あたしはなんとしてでも王太子殿下に気に入られて、絶対に聖女になってみせるんだから」

鼻息の荒い彼女を見て、メリアはきょとんと目を瞬く。聖女とは、希望してなれるものなのだろうか。

その表情を見て、彼女は憐《あわ》れむような視線をメリアに向ける。

「何、あなたまさか、自分がただの治癒師としてここに呼ばれたと思ってるの？　ここにいるのは全員、聖女候補よ。聖女と正式に認められれば王太子専属になり、いずれは妃として迎えられるんだから、皆必死なのよ」

「えっ……」

困惑して目を見開くメリアを見て、彼女は金の巻き髪をくるくると指先でいじりながら呆れたようにため息をつく。

「お話にならないわね。まぁ、ライバルが減って、こちらは助かるけど」

メリアは戸惑って食堂を見回す。言われてみれば、妙に着飾った女性が多い。彼女らは皆、王太子妃となることを夢みているということか。

もしかして、アデルがメリアを止めようとした理由はこれなのだろうか。万が一メリアが聖女になれば、王太子妃となる。そうなれば、アデルには手出しできない。

それはつまり、アデルがメリアを独占したいという想いのあらわれのようで、メリアは思わず込み上げた笑みを隠すように口元を押さえた。

その時、食堂の入り口でざわめきが起きた。

「ほら、聖女アンジェが来たわよ」

金髪の彼女が囁く。メリアもそちらに視線をやると、白銀の髪に菫《すみれ》色の瞳をした少女が食堂に入ってくるところだった。

美しい少女だったが、折れそうなほどに細く、やつれている。うしろで結んだだけの長い髪もぱさついているし、生気がない。

「あんなみすぼらしい姿じゃあ、王太子殿下のおそばにいるのにふさわしくないわよねぇ」

くすくすと悪意のある笑い声があちこちで響くが、彼女の耳にはそれすら聞こえていないようだ。

端の席に腰掛けた彼女は、ひっそりと食事を始める。

恐らく、食堂にいる全員が彼女を意識していたが、伏し目がちの彼女はスープとパンだけの質素な食事を終えると、誰とも会話をせずに出て行った。

メリアの知る『聖女』は、人々に尊敬される、強い治癒の力を持つ女性。重傷者数十人をひとりで一気に治したというのは、彼女のことなのだろうか。

幼くも見える少女であったことも驚きだが、何より彼女が痛々しいほどにやつれていたことの方が、メリアは気になった。

昼食のあとは、メリアも治癒師としての仕事に就いた。

集められた聖女候補たちは、ひとりずつ呼ばれて王太子の治療を行うのだという。そこで認められれば新たな聖女となるらしいが、今のところ聖女と認められた者はいないらしい。近いうちに、メリアも呼ばれることになるのだろう。

聖女と認められなかった者も、このままここで治癒師として働くことができるらしく、大多数がここでの勤務継続を希望するのだそうだ。

昼間に会った金髪の彼女曰《いわ》く、騎士や文官などのエリート男性を狙うのだという。

なんというか、たくましい彼女たちに、メリアは驚かされっぱなしだ。

初日の仕事を終えて、メリアは与えられた自室へと戻った。トランクの中から、持ってきた私物を並べると、まるで自宅のような雰囲気になって少しだけほっとする。

明日も朝から仕事だし早く寝るべきだとは思うが、慣れない場所で神経が高ぶっているのか、眠気は訪れない。

メリアは、トランクの中から解毒剤のメモを取り出した。どうせ眠れないのなら、研究でもしていた方が時間を有意義に使えそうだ。

ベッドに腰かけてメモを開こうとした時、窓ガラスが控えめにノックされた。風の音かと思っていると、続けてまた小さく叩く音がする。

一階にあるこの部屋の窓の外は、裏庭に続くテラスになっている。だけど、わざわざそこからたずねてくる人がいるとは思えない。

どうすべきかとベッドの上で身体を硬くするメリアの耳に、また窓を叩く音が聞こえた。

間違いなく誰か、メリアに用事のある人が来ているようだ。

夜だしひと気はないけれど、ネレイドら女性騎士が定期的に見守りをしていると言っていたし、何かあれば大声を出せばきっと誰かが駆けつけてくれるだろう。

意を決してカーテンを開けたメリアは、息をのんで口を押さえた。

そこにいたのは、アデルだった。


驚きに目を見開くメリアを見て、アデルは悪戯が成功した子供のように笑う。ジェスチャーで窓を開けて欲しいと訴えられて、戸惑いつつもメリアは窓を開ける。

「アデ……ラード、殿下」

思わずアデルと呼びかけそうになって、メリアは慌てて言い換える。アデルは寂しそうな笑みを浮かべた。

「黙っててごめん。だけど、そんな風に距離を置かないで」

「でも」

首を振るメリアを見て、アデルは小さなため息をつくと指をぱちりと鳴らした。

その瞬間、辺りの音が遠ざかったような感覚がメリアを包む。静かな夜ではあったけれど、それまで聞こえていた虫の声すら聞こえなくなる。

「何……を？」

「簡易だけど、保護の結界。おれとメリアの声は今、誰にも聞こえない」

だから、と囁かれて、メリアもため息をついた。そしてアデルを見上げる。

「アデル、あなたの言う通りにしなくてごめんなさい。だけど、私も治癒師として少しでも役に立てたらって思ったの」

「うん。メリアのそういうところが、おれは好きだよ」

アデルは、愛おしそうにメリアの頬に触れた。つい昨日もこうして触れ合ったはずなのに、随分昔のことのように思える。

「でも、聖女っていうのは、王太子妃になる人のことを指すのね。全然知らなかったわ」

「おれが止めた意味、分かってくれた？」

アデルに顔をのぞきこまれて、メリアは苦笑しながらうなずく。

「聖女……というか、王太子妃になりたいとは思わないけれど、王太子殿下の治療にこの力が少しでも役立つなら、とは思うわ。私も、近いうちに王太子殿下の治療をさせていただくことになるみたいなの」

メリアの言葉にアデルはうなずきながらも、酷く思い詰めたような表情を浮かべた。それは、メリアが王太子の治療をすることを望んでいないかのように見える。

「王太子殿下……、お兄様の治癒を、アデルは望んでいないの？」

違うと言って欲しいと願いつつ、メリアはアデルを見上げる。アデルは、困ったような笑みを浮かべた。

「もちろん、望んでるよ。たったひとりの兄だもの」

アデルはどこか儚《はかな》い笑みを浮かべて、メリアの頬に指を滑らせる。

「だけど、メリアは聖女にはなれないよ。兄はきっと、そう言うだろう」

「え？」

きっぱりとそう言うアデルに、メリアは目を見開く。聖女になりたいわけではないけれど、彼が断言する理由は何だろうか。

「どういう、……」

問いかけようとしたメリアの唇は、アデルのものに塞がれた。舌を絡められ、流れ込んでくる甘い魔力に、くらくらと頭の芯が痺《しび》れたようになる。

「ん……ゃ、あ、アデ、ル……っ」

きつく抱き寄せられ、呼吸まで奪われてしまいそうなキスに、メリアは必死でアデルの胸を押した。なかなか解放してもらえなくて、頭が白くなりかけた頃、ようやくアデルが唇を離す。

荒い呼吸を繰り返すメリアの顎を掬いあげて、アデルは涙が滲む目元に口づけた。

「ごめん、嫉妬だよ。好きな子を兄の妃候補として送り出すなんて、冷静ではいられないんだ。きみはとても可愛いし、治癒魔法がどれほどすごいかも知ってるから、尚更ね」

アデルはため息をつくと、メリアの頬をそっと撫でる。

「だからといって、治療を手抜きしろなんて絶対に言えないけどね。本当は、今からでもここから連れ出したいくらいだけど」

「それは……」

笑顔を浮かべているけれど瞳の奥は笑っていなくて、冗談めかした本気なのだろうとメリアは感じる。

アデルは、くすりと笑うとメリアに顔を近づけた。

「全力で、兄の治療を頑張ってきて。その結果、きみが聖女じゃないと判断されれば、その時は——」

真摯な表情で見つめられて、メリアはこくりと息をのむ。その言葉のあとに続く内容を、聞きたいけれど聞きたくない。

アデルのことは好きだけど、どうしてもそこには身分の差がついて回る。ただ好きだという気持ちだけでどうにかなるものではないことを、メリアも、そしてアデルも知っているだろう。

メリアの迷いを感じ取ったのだろう。一瞬寂しそうな表情を浮かべたあと、アデルは笑ってメリアの頭を撫でた。

「ごめん、メリアを困らせたいわけじゃないんだ。ただでさえ、おれの立場は微妙なところだからね。おれがメリアのことを好きだって知られたら、メリアの存在は、おれの弱味になる」

アデルの言うことは、よく分かる。カスターの発言や態度を見る限り、アデルは王太子を推す人々にとっては邪魔な存在だろうから。

「だから、せめてこれだけは」

そう言ってメリアの手を取ると指輪に触れて、また魔力を注いだ。ふわりと温かな彼の魔力は心地良いけれど、その行動の意味が分からなくて、メリアはアデルを見上げる。

「メリアがおれのことを想ってくれるなら、指輪だけはずっと身につけていて」

「分かった、けど……、魔力を注ぐのは、何か意味があるの？」

アデルは、くすりと笑うとメリアの耳横でまとめた髪をかき上げて、露出した首筋に唇をつける。ぺろりと舐めたあと、軽く吸われてメリアは息を詰めた。

「本当は、こうやってあちこちに痕を残して、メリアがおれのものだって知らしめたいし、何なら今ここで抱きたいくらいなんだよ」

「え、……」

それはちょっと困る、と思ってしまったメリアの考えはお見通しだったのだろう。アデルは笑って指輪に触れた。

「魔力を注ぐのは、その代わり。メリアがおれの魔力を込めた指輪をしてるって思ったら、少しは我慢できる」

重たいほどの執着心を見せられて、メリアは熱を持った自分の頬に触れた。メリアも、王太子妃を目指して牽制《けんせい》しあっていた聖女候補の女性たちと何も変わらない。彼女たちと違うのは、メリアが欲しいのがアデルだということだけ。身分差なんて何も考えずに、アデルが好きだという気持ちだけで突き進むことができたなら、どれほど良いだろうか。

アデルは、ほつれてしまったメリアの髪をそっと耳にかけて笑った。

「きみが立派な治癒師で、仕事に誇りを持っていることはすごいと思うから、もう止めない。だけど、おれのことを忘れないで」

「アデルのことを忘れたことなんて、ないわ」

「うん、ありがとう」

くすりと笑って、アデルはもう一度メリアをそっと抱きしめた。

「また……ここに来てもいい？」

「もちろんいいけど、誰かに見られたら」

「おれが聖女候補を誑《たぶら》かしてるって、きっと大騒ぎするやつが出てくるだろうな」

ため息をついて笑い、アデルはあたりを見回した。

「……そろそろ巡回の時間だ。見つかると面倒なことになるから、戻らなきゃ」

名残惜しそうな表情で、アデルはゆっくりとメリアから離れる。

「指輪だけは、絶対に外さないで」

最後に囁くようにそう言って、アデルは夜の闇の中に姿を消した。

ほどなくして女性騎士が見回りのために裏庭を通り、テラスに立ちつくすメリアを見て、夜は冷えるからと中に入るように促した。

ゆっくりと部屋に戻りながら、アデルが何故メリアが聖女になれないと断言したのか、その理由を聞きそびれたことをぼんやりと思い出していた。

数日後、メリアは治癒師長に呼ばれて、昼から王太子の治療をするようにと命じられた。聖女かどうかを確かめる意味があるらしく、新入りのメリアが何故こんなに早く呼ばれるのか、と金髪の聖女候補の女性には、酷くにらまれたが。

治癒師の仕事をしながら、メリアはそれとなくアデルに関する情報を収集していた。と言っても、分かったことといえば彼が正妃の子ではないということくらい。王太子の身体が弱いことと、正妃が次の子を望めない身体だということから、まわりの強い勧めで迎えた側妃の子がアデルということらしい。

異母兄弟で王位を争うなんて、実際にあるんだなぁと、メリアはため息をついた。

◇

昼過ぎに、メリアは治癒師長と共に王太子の居室へと向かった。推薦者ということでカスターも同行することになり、メリアは内心で思いっきり舌を出す。

ついいつもの癖で魔力を抑える指輪もつけたまま来てしまったけれど、王太子の治療に必要であれば、指輪を外すこともあるかもしれない。

アデルからもらった指輪もそのまま身につけているので、なんとなくアデルも一緒にいるような気がする。メリアは密かに拳を握りしめ、指輪にそっと触れた。

「今、聖女様が治療をされていますが……」

鼻息の荒いカスターに連れられて王太子の部屋をたずねると、扉の前の近衛騎士が戸惑った様子でメリアたちを出迎えた。

「構わん。彼女も、聖女候補だ。王太子殿下にはあらかじめ許可をいただいているのだから、通せ」

強い口調のカスターの迫力に圧されたのか、近衛騎士は黙って扉の前を譲った。

部屋の中央には大きなベッドがあり、その上に線の細い男性が上体を起こして座っていた。柔らかそうな明るい茶色の髪をした男性は、顔立ちはあまりアデルと似ていないけれど、特徴的な銀の瞳だけは同じで、ふたりが兄弟であることを示している。彼は正妃の子でアデルとは母親が違うらしいから、銀の瞳は父親である国王譲りなのかもしれない。

ベッドのそばには聖女アンジェが座っていて、メリアたちが入ってきたことに気づくと立ち上がって頭を下げた。

「リシャール様、おかげんはいかがですか」

カスターが進み出て、王太子に声をかける。王太子リシャールは、穏やかな微笑みを浮かべた。

「このところ、調子は悪くないよ。アンジェのおかげかな」

優しげにリシャールはアンジェを見つめるが、彼女は黙って目を伏せたままだ。

「実は、強い治癒の力を持つ娘を見つけましてな。一度、この娘の治療を受けていただけませんか」

そう言って、カスターはメリアの腕をつかんで引き寄せる。思わずよろめきそうになったのを耐えて、メリアは笑みを浮かべて頭を下げる。

「メリア・ローノンと申します」

「よろしく、メリア。だけどカスター。私は何度もきみに伝えているはずだよ。私には、アンジェがいれば充分だと」

メリアに微笑みかけたあと、リシャールは少し眉を寄せてカスターを見る。優しげな口調だけど、その奥底に微かな苛立ちを感じ取ったメリアは、やはりここに来るべきではなかったのかもしれないと思う。

「申し訳ありません。ただ、リシャール様の体調を心配してのことです。ご理解いただけませんか」

カスターの言葉にリシャールは小さなため息をつくと、笑ってうなずいた。

「きみたちの気持ちも分かるけれど。では、メリア。こちらに来てもらえるかな。私に治癒魔法をかけてくれ」

アンジェが座っていた椅子を勧められて、メリアは頭を下げて腰を下ろす。そしてゆっくりと息を吸うと、リシャールの身体に手をかざした。

病弱だと噂されていた通り、リシャールの身体は明確な病の気配はないものの、活力がない。魔力の量も少なめで、弟であるアデルの半分以下の量しかないようだ。リシャールの魔力量は一般的なものだし、アデルが規格外だという可能性の方が高いけれど。

メリアがここに来る前にアンジェが治療をしていたはずなので、特に治すべきところは見つからない。メリアは、なんとなく病を引き起こしそうな部分に治癒魔法をかけて、そっと手を下ろした。

「如何でしょうか、リシャール殿下」

治癒師長がたずねると、リシャールは、首をかしげて笑った。

「とても腕のいい治癒師だね、メリア。……だけど、きみは聖女ではないようだ」

「そんな、おい、小娘。お前まさか手を抜いたわけではないだろうな」

カスターが、強い力でメリアの肩をつかむ。あまりの痛みに、かろうじて声を上げるのは堪えたが、顔を歪《ゆが》めてしまう。

「カスター、やめなさい」

静かな声で、それでもきっぱりと言われて、カスターは動きを止めた。リシャールは、穏やかだけど有無を言わさない響きで、メリアから手を離すようカスターに命じる。

渋々といった様子で解放されて、メリアは痛む肩を押さえながら椅子に座り直す。

「ですが、リシャール様……」

「きみたちには、治癒魔法を使える者が誰でも聖女になれるものではないと、前々から言っているはずだよ」

リシャールはそばに黙って控えるアンジェを見つめると、笑みを浮かべた。

「私の聖女は、アンジェだけだ」

「……と言いましても、リシャール様の体調は一向に良くならないではありませんか。それはつまり、この聖女の力不足ということではないのですか」

食い下がろうとするカスターに、リシャールはゆっくりと首を振った。

「アンジェを侮辱することは許さないよ。きみたちが私を過保護に扱っているだけで、体調だってそう悪くはないのだから」

それとも、とつぶやいて、リシャールはカスターをまっすぐに見つめた。

「きみたちは、私が政務に耐えられないほどに虚弱である方が、いいのかな？」

表情も口調も穏やかなのに、圧倒されるほどの凄みを感じて、メリアは確かにこの人はこの国を背負って立つ王太子なのだと理解する。

カスターは浮き出た汗をしきりに拭いながら、笑みを浮かべた。

「そんな、滅相もない」

「きみたちの気がすむなら、聖女候補と呼ばれる者たちの治療を受けることは拒むつもりはない。だけど、私が必要とする聖女はアンジェだけだ。他の誰も、聖女として迎えるつもりはないよ」

きっぱりと言い切ると、リシャールは困ったような表情でメリアを見た。

「すまないね、メリア。わざわざ来てもらったのに」

「いえ……」

首を振るメリアに、リシャールは柔らかく微笑みかけた。

「きみは私の聖女ではないけれど、とても腕のいい治癒師であることは間違いない。きみが聖女でないことを誰も責めることのないよう、しっかりと皆に言っておかないとならないね」

後半の言葉はカスターに向けられていて、汗を拭いつつカスターは頭を下げる。

「だけど、きみほどの力を持つ治癒師を手放すのは少し惜しいね。ねぇ、治癒師長」

リシャールは、部屋の隅に控えていた治癒師長に声をかける。まさか声をかけられると思っていなかったのか、彼女は驚いたように顔を上げたあと、にっこりと笑ってうなずいた。

「えぇ、えぇ。治癒師はいつだって不足しておりますもの。メリアがいてくれたなら、助かりますわ」

「メリアがここに残ってくれたら、アンジェは私の治療に専念できるからね。私の我儘《わがまま》で申し訳ないけれど、もうしばらく城に残ってくれないだろうか」

王太子の頼みを断われるはずがない。だけど、命令ではなく願い出る形での言葉に、彼の誠意を感じる。

「仰せのままに」

メリアは、深く頭を下げた。自分の治療院のことは気になるけれど、もともと長期で閉めるつもりで代わりの治癒師の依頼もしてある。

それにメリアはまだ、アデルのことを何も知らない。城の治癒師は魔導騎士団の治療も担当するというから、アデルのことをもっと知る機会も増えるだろう。

「ありがとう、メリア。顔を上げて」

リシャールは、そっとメリアの方に手を伸ばした。ほっそりとした、それでも節ばった手で右手を柔らかく握られて、メリアは恐る恐る顔を上げる。

アデルのものとよく似た、銀の瞳がメリアを見つめている。

「これからも、よろしく頼むね」

笑顔の奥に、何かを訴えかけるようなものを感じたけれど、王太子の顔をまじまじと見つめるなんてことはできない。

メリアは笑みを浮かべてもう一度、深く頭を下げた。


聖女ではないと明らかになったメリアだけど、リシャールが釘《くぎ》を刺していたからか、カスターは何も言わなかった。吐き捨てるように、せいぜいこの国の役に立てとは言われたけれど。

前を歩く治癒師長の背中を見ながら、メリアは最後にリシャールが何を言おうとしていたのかを考える。なんとなく銀の指輪に触れられたような気がするので、この指輪がアデルのものだと気がついたのだろうか。

だとすると、メリアがアデルの側についていると判断されたのかもしれない。聖女ではないと断言されたことも、そのためだろう。もし王太子がアデルを敵だと考えていたら、あの場で王太子を害する者として捕らえられた可能性もあったことに気づいて、メリアは一瞬身体を震わせた。

アデルは指輪を外すなと言っていたけれど、せめてポケットの中に忍ばせるなどして指から外しておけば良かったかもしれない。

王太子を害する気持ちなんて持っていないけれど、迂闊《うかつ》だったなぁとメリアは小さくため息をついた。

「緊張した？」

ため息に気づいたのか、治癒師長が振り返ってくすりと笑う。

「まさか、私が王太子殿下にお目通りできるなんて考えたこともなかったので……。今更ですが、動悸《どうき》が激しいです」

胸を押さえてみせると、治癒師長は楽しそうに笑った。

「でも、随分と気に入られたわねぇ。殿下が自ら引き留める治癒師なんて、初めてよ」

「そう、なんですか？」

「ええ。まぁ、何というかね、他の子たちはギラギラしてるから。そういう雰囲気を感じさせなかったのが良かったのかもしれないわね」

「あー……」

しっかりと施された化粧に、華やかにまとめられた髪。アクセサリーでキラキラとした輝きを纏った聖女候補の女性たちを思い浮かべて、メリアも苦笑を浮かべる。

華やかな装いに憧れはあるけれど、メリアには似合わない。地味で目立たないのが性に合っていると思っていたが、それがかえって王太子にはもの珍しく映ったのかもしれない。実際のところどうであるかはさておき、真面目で大人しそう、というのは幼い頃からメリアがよく言われてきた言葉だし、しっかり働きそうだと思ってもらえたのならそれは良いことだ。

リシャールが、メリアに対する疑いを持っているかどうかは定かではないが、しっかり真面目に働いて敵意のないことを示していかなければ。

メリアは、決意を込めて拳を握りしめた。

◇

王太子のもとをたずねてから数日。メリアは城の治癒師として忙しく働いていた。先日、負傷者を一気に治したことが噂になっていたらしく、治療を希望する者がひっきりなしに訪れるのだ。

「助かるわぁ、メリアちゃん。あなたが来てから、治療のスピードが随分上がったもの。ねぇ、ずっとここで働かない？」

ベテランの治癒師に声をかけられて、メリアは笑顔を浮かべた。

あのあと王太子から正式に、半年間治癒師として城で働いて欲しいとの文書がメリアのもとに届いた。メリアが望むなら、それ以降も継続して構わないという。自分の治療院での稼ぎよりも数倍の賃金だし、正直なところ治療院を閉めてこのまま城で働くことも頭をよぎった。

だけど、とメリアはため息をつく。

城の治癒師の主な患者は騎士や兵士たち。切り傷、打撲、骨折などの治療がほとんどで、メリアの研究対象である毒の治療は、全くない。

厳重な警備の城内において毒が使われるはずもなく、分かっていても時々ため息がこぼれ落ちる。

メリアの治療院がある場所は国境に近い田舎町で、深い森がそばにある。強力ではないものの魔獣の出現もあり、魔獣の毒や森の中の毒物にやられた患者の治療をすることも多々あった。

端的に言うと、毒が恋しい。

「あー、研究したいなぁ」

城の廊下を歩きながら、まわりに誰もいないのをいいことにひとりごとをつぶやき、メリアは大きなため息をついた。

今夜は寝る前に、持ち込んだ解毒剤のメモを見返してみようと心に決めて、メリアはカルテの束を抱えなおした。

角を曲がったところで見覚えのあるうしろ姿を見かけて、メリアはおやと眉を上げた。メリアと同じ制服を着た、華奢な身体に、ひとつに束ねられた白銀の髪。間違いない、聖女アンジェだ。

その折れそうに細い身体が不意にふらりと傾いだのを見て、メリアは慌てて駆け寄った。

「大丈夫ですか？」

抱き止めた身体のあまりの軽さに、メリアは一瞬息をのむ。

「……申し訳ありません。平気です」

薄紅色の唇が紡いだのは、可憐《かれん》な声。だけど、近くで見た聖女アンジェは、以前よりも更にやつれているように見えた。

「……あなたは」

アンジェが、メリアの顔を見て驚いたように目を見開く。

「えぇと、先日、王太子殿下のお部屋でお会いしましたよね。メリア・ローノンと申します」

「メリア様……」

確かめるようにつぶやくと、アンジェはよろめきながら立ち上がった。

「アンジェと、申します」

深く頭を下げるアンジェに、メリアも慌てて頭を下げる。

「あの、体調が……良くないようですが、大丈夫ですか？」

メリアの言葉に、アンジェは身を守るように両腕を抱えた。

「平気ですから」

「でも」

「大丈夫です……っ」

小さく叫んだアンジェは、その反動で立ちくらみを起こしたのか、またふらりとよろめいた。

慌てて手を差し伸べたメリアのおかげで転倒は免れたが、アンジェは申し訳なさそうに眉を下げる。

「……こっち、来てください」

メリアは、アンジェの手を引いて歩き出した。

向かった先はメリアの部屋で、アンジェをベッドに座らせて、メリアはトランクの中から持参した薬草を取り出す。

カップに注いだ自家製の薬湯をアンジェに差し出して、メリアは笑う。

「私の師匠直伝の薬湯です。ちょっと苦いけど、魔力の回復によく効くんですよ」

躊躇いがちに手を伸ばしたアンジェは、恐る恐るといった様子で薬湯に口をつける。

ゆっくりと一口飲み、そして花が開くような微笑みを浮かべた。

「本当ですね。すごく……染み渡る」

「聖女様は……、大分お疲れなのでは」

「アンジェと、そうお呼びください、メリア様」

メリアの言葉に、アンジェはそう言う。メリアは慌てて首を振った。

「そんな、聖女様に……。というか、私に様づけとかいらないです」

「でも……」

頑なな表情で首を振るアンジェとの押し問答の結果、お互いに名前で呼び合うことで落ち着いた。それでもアンジェは少し困った様子で眉を下げていたが。

◇

「アンジェの魔力が随分減っているようだけど、今日も王太子殿下の治療をしていたの？」

メリアの問いに、アンジェは薬湯のカップを握りしめながらうなずく。

「リシャール様の体調は、一時期は本当に良くなっていたのだけど、最近はまた臥《ふ》せりがちなの。だから、このところ毎日伺って治療をさせていただいてるんだけど、なかなかうまくいかなくて」

悔しそうな表情で唇を噛むアンジェを見て、メリアは眉をひそめた。

「王太子殿下の体調が大事なのはもちろんのことだけど、アンジェまで倒れてしまったら意味がないんじゃないかしら。毎日、そんなに魔力を酷使するほどの病状なの？」

「メリアも、リシャール様にお会いしたから知っていると思うけど、明確な病気というのはないのよ。ただ、倦怠《けんたい》感というか、起きて長時間活動することが辛いみたいで。わたしが治癒魔法をかけると少し楽になると仰るから、できるだけのことはしたいの」

そう言って顔を上げたアンジェは、儚げな見た目からは想像もできないような芯の強さを感じさせる。

「じゃあ、アンジェにこの薬湯をあげるわ。毎日でも飲んで。魔力の回復を助けてくれるはずだから」

「まぁ、ありがとう、メリア。とても助かるわ」

嬉しそうに微笑んだアンジェは、メリアを見つめる。

「リシャール様ともお話していたのよ。メリアはとても腕のいい治癒師だって」

「えぇっ、なんで私の話題なんか……」

「だってメリア、アデラード殿下の恋人なのでしょう?」

さらりとアンジェの口から飛び出した言葉に、メリアは言葉を失って目を見開く。

メリアのその表情を見て、アンジェはきょとんとした様子で首をかしげた。

「リシャール様が、そう仰ってたけど」

違うの? と問われて、メリアは震える唇を開く。

「なん……で、そんな、こと」

「詳しくは仰らなかったけど、メリアはアデラード殿下のものだから、聖女にはならないのだ、って」

「えっと、その、それは」

やはり、リシャールはメリアがアデルと何らかの関係があることに気がついていたらしい。恐らくは、指輪が原因だろう。兄弟なのだから、指輪に込められたアデルの魔力に気づいたのかもしれない。

どう言えば、メリアが王太子を害するつもりのないことを理解してもらえるだろうか。

真っ白になった頭で必死に言葉を紡ごうとするメリアを見て、アンジェはにっこりと笑った。

「リシャール様は、アデラード殿下のことをとても大事に想ってらっしゃるから、弟君に大切な方ができたことをすごく喜んでらしたわ」

「え……」

彼らは、王の座を争って敵対関係にあるのではないのだろうか。

戸惑って言葉に詰まるメリアに気づかない様子で、アンジェは悲しげな表情を浮かべる。

「幼い頃は、とても仲の良い兄弟だったのですって。だから、リシャール様は兄弟でいがみ合わなければならないこの現状を、ずっと憂いてらしたの」

「王太子殿下とアデラード殿下は、その……、仲があまり良くないのかと」

「ええ、王位継承権を巡って、対立していると言われているものね。でも、リシャール様は、弟君を亡きものにしようだなんて思っていないわ。わたしは直接アデラード殿下にお会いしたことはないけれど、アデラード殿下だって同じ気持ちだと信じているの」

アンジェはそう言って笑うと、メリアの手を握った。

「メリア、あなたに会って、より確信したわ。あなたの大切な人が、悪い人だなんて思えない」

信頼した眼差しを向けてくるアンジェに、メリアは若干の居心地の悪さを感じつつうなずいた。メリアは、そこまで深くアデルのことを知らないから。

薬湯の効果か、少し顔色の良くなったアンジェは、何度もメリアにお礼を言って戻っていった。午前と午後、一日に二度、王太子の治療を行なっているらしい。

毎日全力で治癒魔法を使っているのだから、アンジェのあのやつれようも分かるような気がする。

アンジェのためにも、王太子の体調が早く少しでも良くなればいいなとメリアはため息をついた。

◇

「メリアさん、こんにちは」

たずねてきた見覚えのある顔に、メリアは思わず笑顔を浮かべた。

「セージュ！　こんにちは。先日はありがとう」

「いえいえ、こちらこそ」

爽やかな笑顔を浮かべて手を振ったのは、アデルの部下のセージュだった。知らない人ばかりのこの場所で、知った顔を見つけると、なんだか嬉しくなってしまう。

「メリアさん、すげぇ噂になってますよ。新しく来た治癒師が、凄腕だって」

「えぇっ、嬉しいけど、そんなに凄いわけじゃないよ」

「いやいやマジで。訓練後の負傷者を一気に治したって聞きましたよ」

「それくらい、治癒師なら誰でもできるわよ」

メリアの言葉に、セージュは首を振った。

「案外、力を出し渋る治癒師は多いんですよ。ひとりずつ治す方が、時間はかかるけど魔力の消費は抑えられるからって」

そのせいで、治療の待ち時間が長いのだとセージュはため息をつく。

「魔力を使いすぎて、治癒師が倒れたらそれこそ大変だもの。どちらのやり方がいいとは一概には言えないと思うわ」

「それは確かに」

うなずいたセージュは、にっこりと笑うとメリアの手を引いた。

「という訳で、凄腕治癒師のメリアさんを指名しに来ました」

「え？」

戸惑って目を瞬くメリアに、セージュはにこにこと笑いかける。

「このあと、実戦訓練なんですよ。俺たち魔導騎士団の訓練は魔法を多用するから、必ず治癒師に同席してもらうんです」

セージュは、悪戯っぽい表情を浮かべる。

「この前、メリアさんに良くしてもらったから、皆ぜひまたメリアさんにお願いしたいって。もちろん俺もね。今日はカスター副長は不在ですから、大丈夫ですよ」

カスターが、初対面で自分の思い通りにならない苛立ちをメリアにぶつけたことは、あの場にいた騎士たちは皆、許せなく思っているのだとセージュが語る。

メリアもカスターとは極力顔を合わせたくないので、不在ならば安心だ。

「分かりました。実戦訓練といっても、この前のような重傷者が出るわけではないわよね？」

念のために確認すると、セージュは苦い笑みを浮かべてうなずいた。

「あの時は、本気で死を覚悟しました。この仕事をしているからには危険と隣り合わせなことは理解しているつもりでしたし、そのための訓練も積んできたつもりでしたが、まだ甘かったと痛感しました。団長にも、迷惑をかけてしまったし……」

そういえば、アデルは彼を庇って傷を負ったのだったなとメリアは思い出す。

セージュなら、メリアの知らないアデルのことを知っているかもしれない。

メリアは小さく息を吸うと、セージュを見上げた。

「あの、アデラード殿下は、どんな方なの？」

問いかけたメリアの言葉に、セージュは目を瞬く。

やはり変な質問だっただろうかと、メリアは慌てて言葉を重ねる。

「あの、ほら、先日治療をさせていただいたじゃない？　私、生まれも育ちも田舎だから、王族の方々の顔も名前も、全然存じ上げなくて。気さくに接してくださったけど、どんな方なのかなって」

「団長は、とてもいい方ですよ」

にっこりと笑って、セージュがそう言う。

「俺みたいな下っ端のこともいつも気にかけてくださるし、王族という地位に驕《おご》らず努力もされてる」

お飾りの団長でいることもできるはずなのに、誰よりも自分に厳しく鍛錬をしているのだ、とセージュは話す。

そしてちらりと辺りをうかがうと、セージュはメリアの耳元に顔を寄せた。

「カスター副長は、アデラード殿下が団長に就任される時に、いい顔をしなかったんです」

こそりと囁かれた内容は、確かに大きな声では話せない。

「実力で副長にまで昇り詰めたという自負もあったのでしょうね。殿下の就任にあたって、手合わせを願い出たんですよ」

結果はどうなったと思います？　と、セージュは悪戯っぽい笑みを浮かべた。

「殿下の……勝ち？」

首をかしげてみせると、セージュは笑ってうなずいた。

「ええ、圧勝でした。それまで、カスター副長ほどではないにしろ、どうせお飾りに違いないと殿下の団長就任を不服に思っていた者も、黙らざるを得ないほどに鮮《あざ》やかでしたよ」

「すごい方なのね」

自分の知らないアデルのことを聞けるのは楽しいし、カスターを打ち負かした様子を想像するだけで、胸がスカッとする。何度も乱暴に扱われたせいか、自分は思った以上にカスターのことを嫌っているなぁとメリアは込み上げてきた笑みを堪えた。

だけど、やっぱり自分とは住む世界の違う人だなとも思う。

「ねぇ、やっぱり王太子殿下とアデラード殿下は、敵対しているの？」

声をひそめて問いかけると、セージュは渋い顔をした。

「メリアさん、その質問は投げかける相手を間違えると、大変なことになりますよ」

「ご、ごめんなさい」

やはりまずかったか、と口を押さえると、セージュは困ったような笑みを浮かべた。

「表面上は、何もないですよ。国王陛下はリシャール殿下に王位を継がせると宣言されていますし、アデラード殿下もそれを不服としたことはありません」

だけど、とつぶやいて、セージュは一瞬うつむいた顔を上げる。

「いつしか王太子派、第二王子派と派閥ができあがり、水面下では色々と争いが繰り広げられているらしいです。カスター副長はご存知の通り分かりやすく王太子派ですが、派閥の内部は目に見えないですからね。どちらを支持するとかそういったことも、口に出さない方がいいです」

「その通りね。迂闊でした。ごめんなさい」

メリアが謝罪すると、セージュは笑って首を振り、唇に指を当ててみせた。

「ここだけの話、ということにしておきましょう」


セージュに連れられて、メリアは魔導騎士団の訓練場にやってきた。恐らくメリアが普段仕事をしている場所とは正反対の場所にあるようで、絶対にひとりでは帰れないなと思うほどの距離を移動した気がする。城の広さに、メリアはまだ慣れない。

「治癒師のメリアさんを、お連れしました！」

大きな声でセージュがそう告げると、準備運動などをしていた騎士たちが一斉にこちらを向く。おぉ、というどよめきに思わずたじろぐけれど、メリアは笑顔を浮かべて頭を下げた。

よく見ると、いくつか見覚えのある顔も確認できる。あの日治療した騎士たちは皆、顔色が悪かったが、今日は元気そうだ。メリアは、ほっと小さくため息をついた。

「今日は、お忙しい中ありがとうございます」

うしろから声をかけられて、メリアは一瞬跳ねた心臓をなだめるように胸に手をやった。

心を落ち着けてからゆっくりと振り返ると、やはりそこにいたのはアデルで、穏やかな笑みを浮かべてこちらを見ている。

「こちらこそ、よろしくお願いします」

笑って頭を下げると、アデルは一瞬まぶしそうにメリアを見たあと、表情を引き締めた。

「今日は、実戦訓練だ。どうせ治してもらえるからと慢心せず、少しでも傷を負わないよう努力するように。現場では、いつも治癒師がそばにいるとは限らないからな」

アデルの言葉に、整列した騎士たちが真剣な表情でうなずく。

「メリアさんは、こちらで待っていてください」

セージュが、メリアをそばのテントの中へと案内してくれる。訓練では攻撃魔法も多用するので、このテントには防御魔法が施されているらしい。

絶対に顔出したりしちゃだめですよ、とセージュに念を押されて、メリアはうなずいた。

「セージュは、訓練に参加しないの？」

メリアにお茶を淹《い》れてくれるセージュに問いかけると、彼はにっこりと笑った。

「だって俺、メリアさんにお茶出ししなきゃいけないし？」

おどけたようにそう言いつつ、後半の部に参加予定なのだと教えてくれる。

カフェで働く彼の妹に淹れ方を教わったのだという紅茶はとても美味しくて、メリアは思わず笑みを浮かべた。


「魔導騎士団の人たちって、すごいのねぇ」

目の前で繰り広げられる訓練風景に、メリアは感嘆の息を漏らした。あちこちで炎や氷柱、土煙などがあがっていて、本当に戦場にいるようだ。

アデルは、その髪の色のイメージ通り炎の魔法を使うらしい。燃え盛る火の玉を次々と繰り出す様子は美しいな、と思う。

「皆、メリアさんにいいとこ見せたくて、張り切ってるのかも」

くすくすとセージュが笑うから、メリアはまさかと笑って首を振った。

◇

「セージュ、交代だ。今日の団長はいつにも増して気合い入ってるから、心してかかれよ」

前半の部の訓練が終わったのか、傷だらけの騎士がセージュを呼びに来る。セージュは、うぇ、と顔をしかめて舌を出しつつ、肩を回して身体をほぐし始めた。

「どうぞこちらに。治療します」

メリアが傷だらけの騎士を手招きすると、彼は笑って首を振った。

「こんなかすり傷で、治癒師の手を煩わせるわけにはいかないですよ。何人かは腕や足を折ったみたいなので、そちらを優先してください」

そう言って騎士はテントを出て行った。入れ替わるようにして、骨折や大きめの裂傷を負った騎士がやってきたので、メリアは慌てて奥の寝台へと彼らを誘導する。

ひと通り治療を終える頃には、後半の部の訓練も終盤に差しかかっていた。軽い身のこなしで氷魔法を放っているセージュを遠くに見つけて、思わず頑張れ！　と心の中で応援してしまう。そして、誰もそばにいないのをいいことに、メリアは厳しい表情で訓練を行うアデルの姿をずっと目で追っていた。

後半の部の訓練も終了し、同じように傷を負った騎士の治療を行う。何人かの騎士からは先日兵士の傷を一気に治したことを話題に出されたので、今日も同じようにすべきだろうかとメリアは首をかしげる。

程度の差はあれど、騎士たちは皆細かな擦り傷切り傷を負っているので、治癒魔法をまとめてかけた方がいいかもしれない。

そう思ってゆっくりと手を上げたメリアの手首を、止めるように握りしめられて思わず顔を上げる。そこに立っていたのは、アデルだった。

「このくらいの傷は、治癒魔法を使っていただくまでもありません。お心遣いには感謝しますが、魔力を大事にしてください」

「アデ、ラード殿下」

うっかりアデル、と呼びかけそうになったことに気づいたのか、銀の瞳が一瞬柔らかく細められる。

「……分かりました」

メリアがうなずくと、アデルはそっと手を離した。そして、よそいきの表情で笑みを浮かべる。

「今日は、ありがとうございました。凄腕の治癒師に同席していただいたので、いい訓練ができました」

「少しでもお力になれたのなら、良かったです」

メリアがうなずくと、アデルは右手を差し出した。

「お部屋までお送りしましょう。おれも、治癒師長に少し用事があるので」

にっこりと笑ってそう言われ、メリアは笑みを浮かべてアデルの手を取った。

並んで城の廊下を歩いていると、不意にアデルが足を止めた。

怪訝《けげん》に思って顔を上げると、アデルはにやりと笑ってメリアの手を引く。

「え？」

アデルは、すぐそばの扉を開けると、メリアの手を引いたまま部屋の中へと入った。背後で扉が閉まり、カチリと鍵をかける音までして、メリアはアデルの顔と扉を交互に見る。

「ようやくメリアとふたりきりになれた」

ため息のように囁いて、アデルはメリアを抱き寄せる。強く抱きしめられて、メリアは小さな吐息を漏らすとアデルに身体を預けた。

第四章　呪われた王子と、運命の治癒師

アデルはメリアの身体を抱き上げると、部屋の中央に置かれたベッドへと向かい、そっと降ろす。密室でベッドの上、という状況に、メリアは焦ってアデルの腕をつかんだ。

「ね、アデル、待って」

「単なる休憩室だよ。こっそり逢引《あいび》きするのに使われることも多いけど。それに今は時間があまりないから、何もしない。――もちろんメリアが望むなら、最速で頑張るよ」

悪戯っぽい表情でアデルがそう言うので、メリアは慌てて首を振った。

メリアの頰を撫でると、アデルは苦い笑みを浮かべた。

「ごめん。本当おれ、余裕なくて嫌になる。今日だって、ずっとメリアがセージュと楽しそうにしてるから気になって仕方がなかったんだ」

「セージュとは何もないわ」

「分かってる。だけどね、やっぱり嫉妬してしまうんだ」

そう言ってアデルは、メリアを抱き寄せて確かめるように指輪に触れる。

「……兄に、会ったんだって？」

「ええ。私は聖女ではない、とはっきり仰ったわ」

「うん、そうだろうね」

うなずきながらも、何故かアデルの表情は冴《さ》えない。そして、もう一度指輪に触れると
メリアを見つめた。

「この国では、王位継承権を持つ者は成人すると、自分だけの専属の治癒師を探して迎えるんだ。何かあっても、すぐに治療をしてもらえるようにね」

アデルは、手を伸ばすとメリアの頬に触れて苦い笑みを浮かべる。

「権力にものをいわせて、治癒師を囲い込む。勝手なものだよな。だけど、その治癒師は誰でもいいわけじゃないんだ」

「治癒の力の強さが、必要？」

メリアが首をかしげると、アデルは笑って首を振った。

「それだけじゃない。自分だけの治癒師の条件は――甘い魔力」

「それって」

メリアは、小さく息をのんだ。初めて会った時に感じた、甘いアデルの魔力。今でも口づけを交わすたびに、頭の奥が痺れそうなほどに甘く感じる、その魔力。

「そう、あれはおとぎ話なんかじゃない。おれも、メリアに会って確信したよ。これほどまでに分かりやすく甘く感じるなんて、と驚くほどにね。ずっと、どんな治癒師に会っても何も感じなかった。おれには専属の治癒師に出会うことすらできないのかと思ったけ

ど、メリアに会えた」

「えっと、じゃあ……、私がアデルの専属の治癒師だということで、いいの?」

メリアの問いに、アデルはうなずいた。

「メリアは本当は、おれだけの治癒師だ。きみは凄腕の治癒師だから、独占はしないけどね。そのかわり、おれの治癒師だという証にこの指輪を贈ったんだ。おれの魔力を込めた指輪を」

アデルは指輪に触れて、またふわりと魔力を注いだ。その温かな感覚に、メリアはくすぐったい気持ちになる。

「だけど、おれが欲しいのはきみの治癒の力だけじゃないってことは覚えておいて、メリア」

抱き寄せられて、メリアはゆっくりとアデルの背に手を回した。ひとまず専属の治癒師という立場でアデルのそばにいることを許された気がして、思わず笑みがこぼれる。

「専属って、なんだか素敵。アデルの傷も病気も、これからは私が治すのね」

「うん。なるべく怪我も病気もしないように気をつけるけどね」

説得力ないかな、と笑いつつ、アデルはそっとメリアに唇を重ねた。流れ込んでくる甘い魔力に、メリアはうっとりと目を閉じた。

◇

「聖女というのはね、王や王太子の専属の治癒師のことを指すんだ。魔力の甘さなんて他の人には分からないから、あまり公にはしてないんだけどね」

　メリアを抱きしめたまま、アデルがつぶやく。

甘い魔力がお互いを惹《ひ》きつけ合うのか、歴代の王も専属の治癒師、つまり聖女を妃としてきたらしい。

　場合によっては、主に唇を合わせる粘膜接触や、体液を介した魔力供給を行う可能性もあるのだから、確かに嫌いな相手とは難しいだろう。だからこその甘い魔力なのかもしれないけれど。

「兄にはアンジェがいるけど、それでもおれは不安だったんだ。メリアの魔力を、兄も甘く感じたらどうしようって。だっておれたちは、異母兄弟《きょうだい》だから。でも、おれはメリアをどうしても兄に渡したくなかった。だから、おれが先にきみに指輪を渡したんだ。兄は優しい人だから、おれの指輪をメリアがしていることに気づけば、きみを聖女ではないと断言すると知っていたから」

　メリアは、指輪に触れたリシャールの表情を思い出す。これからもよろしくと言われたことも、アンジェとの会話の内容も、アデルの話を裏付けている。

「それで、指輪を外さないように言ったのね」

　指輪を見つめて納得したようにメリアはうなずくけれど、アデルの表情は何故か晴れない。

「おれは、きみが聖女になるという未来と、もしかしたら兄の未来も……奪ったのかもしれないな」

目を閉じて、アデルは重いため息をつく。

「私は、アデルの専属治癒師で良かったと思ってるわ。聖女になりたいとは、思わない」

「うん。だけどね、どうしても考えてしまうんだ。おれは、兄からメリアを奪ったんじゃないかって」

アデルは、両手で顔を覆った。その手は微かに震えている。

「……兄の治癒を望んでいるつもりだったけど、やっぱりおれは、心のどこかで兄を殺したいと思っていたのかもしれない。——母のように」

「……どういうこと？」

メリアは、思わずうつむくアデルの顔をのぞきこむ。眉間に深い皺《しわ》を刻んだアデルはゆっくりと顔を上げ、メリアを見つめると疲れたような笑みを浮かべた。

「兄の——王太子の体調が良くならない理由、それは、おれの母の呪いが原因だ」

「呪い……？」

思わずつぶやくメリアを見て、アデルは震えるような吐息を漏らした。そして、ゆっくりと口を開く。

「おれには、年の近い弟がふたりいたんだ。正妃が産んだのは兄ひとりだったけど、側妃だった母は、おれを含めて三人の男児を産んだ。そのことで母の地位は上がったけど、王位継承権を巡って争いが起きた」

　暗く、遠い目をしながら、アデルはゆっくりと語り始める。

　王位継承権第一位は正妃の子であるリシャールだったけれど、彼は幼い頃から身体が弱かった。そのため、側妃の子であるアデルを推す声があがるようになった。アデルは幼い頃から身体が大きく、健康だったから。そして弟たちも同様に。

　王は、リシャールに王位を継がせると早いうちに宣言したものの、不満の声は多かった。それに焦ったリシャールを推す王太子派と呼ばれる人々は、アデルら側妃の子を亡きものにしようと、次々と刺客を放った。

　アデルは辛くも生き延びたが、弟ふたりは立て続けに亡くなった。

　息子をふたり喪った側妃は、王太子であるリシャールを恨み、彼に呪いをかけた。その呪いは側妃の命を懸けたもので、彼女はその代償として命を落としたけれど、死に顔は満足げだった。

「兄は、おれの母から呪いを受けたことを知っている。だけど、それを誰にも言おうとしないんだ。……おれの立場が悪くなると知っているから。ただの体調不良だと、おれを庇ってる」

　アデルの声は、微かに震えている。

「弟たちを襲ったのは、決して兄の指示なんかじゃない。あの人は、そんなことをする人じゃない……。なのに、呪いを受けてさえ、おれのことを気にして……」

震え、掠れた声は、まるで泣いているように聞こえた。

メリアは、ゆっくりとアデルに手を伸ばす。青白く血の気を失った頬は、いつもより冷たい気がした。

「アデル……」

何を言えば良いのか分からず、ただ名前をつぶやくと、アデルは一瞬だけちらりと視線を上げてメリアを見た。そしてまたうつむくと、何かに耐えるように唇を噛んだあと、口を開いた。

「母が亡くなった時、おれはすぐそばにいたんだ。母は、おれこそが王位を継ぐべきだと言って、そして——」

アデルの震える唇が紡いだ言葉に、メリアは息をのむ。

息子の目の前で自らの命を絶った彼女は、その命と引き換えに王太子を呪った。そして彼女は同時に、アデルにも呪いを残していた。

「ずっと、眠れなかった。眠ると母が来るんだ。兄を殺せ、おれこそが王になるのに相応しいと、血塗れの姿で何度も訴えて。起きている時も、ふとした瞬間に母の気配を感じて、気の休まる時がなかった」

それは、どれほど辛い日々だろう。

言葉を失うメリアに、視線を落としたままのアデルは気づかない。固く握りしめた両手は、ぶるぶると震えている。

「おれは王になんて向いてないし、兄と対立することも望んでなかった。だけど、それを口にしようとするたびに、血塗れの母が現れるんだ。弟ふたりの無念を晴らせ、母の命を無駄にするなと。……だから、何も言えなくて、結果的に兄とおれとの対立を深めてしまった」

重いため息をついたあと、アデルはメリアを見た。泣き出しそうな、傷ついた幼い子供のような、そんな顔は初めて見る。

「だけど、メリアがおれを救ってくれたんだ」

「私……？」

目を見開き首をかしげるメリアに、アデルは微かな笑みを見せた。

「おれがメリアをたずねた日。……もう、何もかもどうでも良くなって、衝動的に城を出たんだ。おれがいなくなれば、争いはなくなるだろうと思ったし、城から離れれば、母の呪いも届かなくなる気がして」

アデルは、ふっと自分の手のひらを見ながら疲れたように笑う。

「結局、どこまでいっても母の影が消えることはなかったんだけどね。おれを追って、誰かがあとをつけていることも分かっていたけど、それすらどうでもよかったんだ。だから、普段は用心して外でものを食べることは控えてたんだけど、ふらっと入った酒場で食事をして」

そこまで言って、アデルは自嘲めいた笑みを浮かべる。

「まぁ、案の定というか、毒を盛られてね。大抵の毒には耐性があるはずなんだけど、そのうち動けなくなってきた。このまま死ぬのもいいかなと思ったんだけど、また母の声が聞こえてさ。一緒に兄を殺そうって。弱っていたせいか、いつもより鮮明な声が恐ろしかった。だから、必死に治療院を探したんだ。酒場で、きみの治療院が近くにあることは耳にしていたから」

そのあとのことは、メリアも覚えている。

見たことのない毒におかされていたアデルを治療したことも、ふたりで過ごした夜のことも。

アデルは、ゆっくりとメリアの頬に触れた。その指先は微かに震えている。

「きみが治療をしてくれて、枯渇しかかっていた魔力も分け与えてくれた。その時、気づいたんだよ。母の気配が消えていることに」

「私は……何も」

「メリアの癒しの力が、きみがくれた魔力が、母の呪縛から解き放ってくれたんだ」

戸惑うメリアの頬を撫でたアデルは、苦しそうな表情を浮かべた。

「きっときみは、母が兄にかけた呪いを癒すことができる。それはつまり、きみが聖女になることを指す。でもおれはメリアのことが好きになっていたから。だからおれは、きみ

を抱いたんだ。きみの心におれの存在を刻み込んで、指輪を渡して。きみが兄のものにならないように策を練ったんだ」

アデルは、メリアを抱き寄せた。痛いほどに強く回された腕は、震えている。

「兄の呪いは、解くべきだと分かってる。だけど、メリアを失いたくないんだ。どうか、ずっとおれのそばにいて」

メリアはゆっくりとアデルの背に手を回すと、そっとその背中に触れた。

ぴくりと震えた身体をなだめるように何度も撫でていると、こわばっていた身体が少しずつ緩んでくる。

それを確認して、メリアはアデルを見上げた。泣き出しそうな、苦痛に耐えるようなその表情を見て、メリアは安心させるような笑みを浮かべる。

「きっとね、私はリシャール様の聖女にはなれないわ」

「え……」

「リシャール様には、アンジェがいるもの。アンジェ以外を聖女に迎える気はないって、きっぱりと仰ったのよ」

「でも」

反論しようとするアデルの唇に人差し指を置いて、メリアは笑った。

「それにね、私もリシャール様に治癒魔法をかけさせていただいたもの。だけど呪いも甘さも何も感じなかったし、リシャール様も何も仰らなかったわ。だから、私はやっぱり聖女ではないと思うの」

「でもおれは確かに、きみに癒されて……」

「うん。だって私は、アデルの治癒師なんでしょう？」

首をかしげて笑ってみせると、アデルはくしゃりと顔を歪めた。

「メリアを失いたくない。だけど、兄の呪いは解きたいんだ。……どうすればいいんだろう」

メリアは、アデルの髪を撫でた。

「アンジェに、それとなく聞いてみるわ。私がアデルの呪いを解いたというなら、リシャール様の専属治癒師であるアンジェだってきっと、呪いを解けるはずよ」

まっすぐに見上げてそう告げると、アデルは思い詰めた表情のまま、黙ってうなずいた。

◇

「メリア！　ちょっとお願いがあるんだけど」

仕事がひと段落したタイミングで、治癒師長がたずねてきた。メリアは、書きかけのカルテを閉じて首をかしげる。

「どうしたんですか？」

「聖女アンジェがね、倒れたのよ」

「えっ」

「やっぱり代替わりすべきよねぇ。なんであの子が選ばれたのか、分からないわ」

治癒師長は呆れたようなため息をつくと、メリアを見た。

「それでね、王太子殿下から、代わりにあなたに来て欲しいと連絡があったのよ。メリア、あなたがやっぱり次の聖女かもしれないわね。カスター副長も、きっと喜ばれるわ」

「アンジェは、大丈夫なんですか？」

「さぁ、分からないけど、とりあえず部屋で休ませてるわ」

アンジェのことを全く心配していない口調に、メリアは眉をひそめる。きっと、アンジェは魔力を使いすぎたのだろう。一日に二回も全力で治癒魔法をかけているのだから。

様子を見に行きたいけれど、王太子に呼ばれているのならそちらを優先しなければならない。

あとで見舞いに行けるといいのだけど、と思いながら、メリアはカルテをしまうと立ち上がった。

治癒師長に連れられて、メリアは王太子の部屋へと向かう。扉の前で中に入れるのはメリアだけだと言われて、治癒師長は終わったら誰かを迎えに寄越すと言い残して戻っていった。

通された先には、やはりベッドの上にリシャールが身体を起こして座っている。

「メリア、忙しいところを呼びつけてすまないね」

「いえ……」

慌てて首を振るメリアに、リシャールはそばの椅子に座るよう促す。

「アンジェが、少し体調を崩してね。あの子はすぐに無理をするから、今日は休ませたんだ」

そう言って微笑むリシャールを、メリアはうかがうように見つめる。アデルの言うような呪いの気配はよく分からないけれど、彼の顔色は先日会った時よりも悪い。

それでも、真っ直ぐにメリアを見つめる瞳の強さは変わらない。

「アンジェのほかに頼れる治癒師は、きみしか浮かばなかったからね。一度ちゃんと話をしたいとも思っていたし、いい機会だった」

リシャールはメリアに楽にするよう伝えると、穏やかな笑みを浮かべた。

「アデラードは、元気にしているかい？」

「……っ」

アデルの名前を出されて、メリアは一瞬言葉に詰まる。だけど、リシャールの視線はメリアの指輪に注がれていて、やはり気づいていたのだと理解する。

「はい、あの……、えっと、元気に、されて……ます」

しどろもどろになるメリアを見て、リシャールはくすくすと笑った。

「そんな顔をしなくてもいいよ。きみがアデラードの大切な人だということはよく分かっているし、それを咎めるつもりもない。あの子が心を許せる人に出会えたことを、私は嬉しく思うよ」

リシャールの表情は明るく、本心からそう思っているように見える。メリアは、ゆっくりと肩の力を抜いた。

「アデラードはね、とても優しくて可哀想な子だ。母親の呪縛に囚われて、私に負い目を感じている。彼の母親が私に呪いをかけた話は、もう聞いているかな？」

聞いてみたいと思っていたことをさらりと口に出されて、メリアは驚きつつ小さくうなずく。

リシャールは、悲しげな笑みを浮かべて自らの手を見つめた。

「あの子が気に病む必要はないのにね、ずっと自分を責めているんだ。メリア、きみからアデラードに伝えてくれるかい？　呪いは、すでにアンジェが癒している、と」

「え……、そう、なのですか？」

目を見開くメリアを見て、リシャールはうなずいた。

「元はと言えば、私を支持する者が引き起こした事態だ。だから、私が呪いを受けるのは当然の報いだと思っていたんだよ。アデラードが望むなら、王太子の座を譲ることだって考えたけれど、あの子はそれを望んでいないことを知っていたからね。あの子が自由に生きられるように、私は呪いを解くために聖女を探した。そしてアンジェに出会い、彼女に癒されたんだ」

　リシャールは、アンジェを想うかのように一瞬、瞳を閉じた。その表情は、切なくなるほどの愛おしさが溢れているように思えた。

「メリア、きみはアデラードの専属の治癒師なのだろう？　その指輪を見て、すぐに分かったよ。あの子は案外嫉妬深いみたいだね。私にきみをとられてしまうのではないかと、随分と心配していたみたいだ」

　くすくすと笑ったリシャールはメリアの方を見ると、自分の聖女はアンジェ以外にはありえないのだと、はっきりと宣言する。

「呪いは癒されても、元々の身体の弱さはどうにもならないからね。これでも子供の頃よりは臥せることが減ったのだけど、アンジェには苦労ばかりかけているんだ。本当に聖女なのかと、あらぬ疑いまでかけられて、申し訳なく思っているんだよ。きみとアンジェは似たような立場なわけだし、アンジェと仲良くしてもらえると嬉しいな」

「もちろんです」

　メリアが力強くうなずくと、リシャールは、ありがとうと穏やかな表情で微笑んだ。

「さて、では治療をお願いしてもいいかな」

　リシャールの言葉にメリアは背筋を伸ばし、呼吸を整えると、そっと両手をかざした。

集中してリシャールの身体の中の不調を探るようにしていると、彼の魔力量が以前よりも減っていることに気づいてメリアは微かに眉をひそめる。

以前はアデルの半分以下だと思った魔力量が、更に減っているのだ。

魔力は、身体の中の器に溜《た》めておいて必要な時に使う。それが枯渇すれば死に至るが、リシャールの場合は魔力の残量ではなく、器の大きさ自体が小さくなっているようだ。

初めて見る症状に、メリアは内心で首をかしげる。

「メリア、どうかしたのかな」

一瞬手を止めたことに気づいたのだろう、リシャールが声をかける。

だけど、メリアはその声に反応することができなかった。

リシャールの身体の中に、微かに感じる気配。

それは、かつてアデルの身体を蝕んでいた、魔力を奪う奇妙な毒と同じ気配だった。

「メリア?」

リシャールが、目を見開いて固まるメリアを見て気遣わしげな声をあげる。

メリアは、ハッとして表情を取り繕うと笑顔を浮かべた。

「申し訳ありません、すぐに治癒魔法をかけます」

そう言いながらメリアは魔力を抑える指輪を抜き取り、息を吸うと思いっきり治癒魔法をリシャールの身体にかけた。

話をしている時には気がつかなかったが、毒の気配はうっすらと、だけど確かにリシャールの身体を覆っている。

アデルの時は大きな塊状だったので除去できたが、これだけ広範囲に及んでいると、取り出すのは難しそうだ。

指輪を外したことで増えた魔力を集めて、メリアは全力で毒を浄化すべく魔力を注いでいく。

かなりの魔力を費やして、毒の気配が消えたことを確認してから、メリアはようやく手を下ろす。

リシャールの頬にも、心なしか赤みがさしたようだ。

気づくかどうかギリギリだったレベルのこの量の毒を消すのに、大量の魔力を必要とした。正直なところ指輪を外していてさえ、魔力を半分以上失った。

アンジェは毒の存在には気づいていなかったようだが、きっとリシャールの顔色が良くなるまで治癒魔法をかけ続けていたのだろう。

たった一度でもこれほど消耗するのに、それを一日に二度、毎日行っていたというのだから、アンジェがあれほどまでにやつれるのも無理はない。

「何か、問題でもあったのかな」

問いかけられて、メリアは一瞬言葉に詰まる。だけど隠し通せるものでもないので、息を吸ってリシャールを見上げた。

「リシャール様の身体の中から、毒物の気配を感知しました」

硬い声で告げると、リシャールは驚いたように目を見開いた。無理もない、王族にとって毒は、もっとも警戒すべきものだろうから。

「毒、だって?」

「はい。ごく微量で……、ですが、少し特殊な毒なんです」

「特殊な毒とは、どういうことだろうか」

リシャールが首をかしげるので、メリアは時折言葉につかえながらも、従来の体力を奪う毒ではなく魔力を奪うタイプの毒であることと、先日よりもリシャールの魔力の器が小さくなっていることも毒の影響である可能性が高いことを説明する。

「それは……、確かに聞いたことのない毒だね。魔力を奪う——か。長時間の活動が辛いのは私の体力が落ちたからなのだと思っていたけど、じわじわと魔力を奪われていたからなのかもしれないね」

確かめるように自らの手のひらを眺めながら、リシャールがうなずく。アンジェが言っていた、明確な病の気配はないのに起きて活動するのが辛いというのも、彼の身体の弱さにうまく毒の存在を隠しているように思う。

「治癒魔法で毒を癒すことはできたのですが、かなりの魔力を必要としました。アンジェが倒れたのも、継続して魔力を使い過ぎたせいなのではないかと推測します」

「アンジェに治癒魔法をかけてもらうと、一時的にとても良くなるんだ。彼女は気づかず毒を消してくれていたんだね」

メリアの説明に、リシャールは表情を曇らせる。アンジェに負担をかけていたことを気にしているのだろう。

「私がこの毒を目にするのは、二度目です。最初に見たのは――」

一瞬口ごもって、メリアはリシャールを見た。

「アデラード殿下に、初めて会った時です」

「どういう、ことかな」

眉をひそめるリシャールに、メリアはアデルと初めて出会った時のことを語る。

魔力を失って、瀕死の状態でメリアの治療院をたずねてきたこと、彼の身体を蝕んでいた毒を取り出したこと、誰かに毒を盛られたと語っていたこと。

「魔力を奪う、見たこともない毒。それが、私とアデラードの両方に使われているわけか。アデラードには一度に大量に投与し、私には気がつかれない程度の量を長期間投与していた――ということかな」

リシャールは、顎に手をやって考えこむ。

しばらく黙ったあと、彼はメリアを見つめた。

「メリア、この毒のことは誰かに話した？」

「いえ、誰にも話したことはありません。師に問い合わせてみようとは思っていたのですけれど」

「そうか。ひとまずこのことは、他言無用にしておこう。アデラードは、どこでこの毒を投与されたのか、心当たりはあると言っていたかい？」

「城の外で……、食事に何かを盛られたのではないかと考えているようでした。実際、アデラード殿下の身体には傷跡はありませんでしたから、経口摂取の可能性が一番高いかと」

「確かに、毒といえば食事に混ぜるのが一番気づかれないものね。私の食事にも、何らかの方法で混ぜられている可能性があるね」

リシャールは、厳しい表情で腕を組んだ。今のところこの毒の存在に気づくことができるのはメリアだけだが、リシャールの食事をメリアが毎回チェックするのは現状難しい。誰がこの毒を使っているのかも分からない状況で、下手に動くのは得策ではないだろう。

「リシャール様、一度、私を帰宅させていただけませんか」

メリアは、身を乗り出してそう提案する。

自宅にはアデルの身体から取り除いた毒の現物もあるし、解毒に成功したサンプルもある。それらが手元にあれば、もっとしっかりとした解毒剤を作ることもできるだろう。

「確かにそれはいい案だけど、きみをひとりで帰すことには不安が残るね。道中何かがあったら、大変だ」

ふむ、と考えこんだリシャールは、しばらくすると顔を上げた。

「緊急事態だからね、私のとっておきを使うことにしよう」

そう言って、にっこりと笑った。

第五章　ふたりの夜

リシャールのもとを辞したあと、メリアは治癒師としての業務に戻った。

治癒師長には、しばらくアンジェの代わりに王太子のもとに通って治療をすることになったと報告をした。事実、アンジェは体調を崩しているので、嘘ではない。

「あなたを新しい聖女に迎えるとは、仰らなかったの？」

「それはないですよ、私はあくまでも代理です」

首を振るメリアに治癒師長は、鉢植えに水をやっていた手を止めると呆れたようなため息をついた。

「欲のない子ねぇ。この隙に聖女に成り代わってやろうとか、思わないの？」

「思わないですってば。私みたいな田舎者には、王太子妃なんて荷が重すぎます」

そう言いながらも、アデルのことは好きなのだから矛盾しているなぁと、メリアは内心で苦笑する。

「まぁ、あなたのそういうところが気に入られたのかもしれないわね。治癒師の仕事は減らしておくから、王太子殿下の治療を優先してちょうだい」

「はい」

頭を下げて、メリアは治癒師長の部屋をあとにした。

◇

夕食後、自室に戻ってきたメリアは、入浴を済ませると寝衣ではなく私服に着替えた。

このあと、自宅へ帰るのだ。リシャールの治療の関係でメリアが長期留守にするのは難しい上に、毒を使っている者は王太子とその周辺に目を光らせているはずで、不用意な行動は避けたい。そのため、リシャールはメリアの自宅に直通の転移陣を準備してくれるという。

メリアの不在がバレないよう、移動に許された時間は消灯時刻から夜明けまで。

ベッドに腰かけてじっと待っていると、窓が小さくノックされた。

メリアは一瞬身体を震わせたあと、ゆっくりとカーテンを開ける。

「こんばんは、メリア様。準備はいいですか？」

にっこりと笑ってそこに立っていたのは、女性騎士のネレイドだった。メリアがここに来た初日に会って以来だが、彼女はリシャールの腹心の部下で、アンジェの護衛のために治癒師らの住まうこの建物の警備を担当しているらしい。

メリアはうなずいて、ネレイドのあとに続いてそっと部屋を出た。

夜の闇に紛れて連れて行かれた先は、図書館の裏手だった。そこに立っていた人物を見て、メリアは小さく息をのむ。

「アデ……ラード殿下」

「ここから先は、殿下と共にお進みください」

ネレイドは、笑ってメリアの背を押す。ひとりで帰宅して戻ってくるつもりだったので、ここにアデルがいることに驚きを隠せない。

リシャールが、メリアの護衛としてアデルを呼んだらしい。いつの間に、と思うけれど、ネレイドはにこにことしているので、メリアとアデルの関係も恐らくリシャールから聞いているのだろう。

「明朝、またここまでお迎えにあがります。どうぞ、お気をつけて」

微笑むネレイドに促されて、メリアはアデルの方に足を踏み出す。

「メリア様を、お願いします」

ネレイドが小さく囁くと、アデルはしっかりとうなずいた。

「行こう、メリア。こっちだ」

アデルはそう言って、垣根の中に手を突っ込んだ。かちりと冷たい音が響き、垣根が急に割れる。どうやら、垣根に隠された扉を開けたらしい。

「久しぶりに通るな、この道。子供の頃、兄の部屋にこっそり遊びに行く時に使ってたんだ」

　メリアの手を引いて歩きながら、アデルが少しだけ懐かしそうにつぶやく。両側を垣根に囲まれた、人ひとりがようやく歩けるほどの狭い道だが、王太子の私室へ続く秘密の通路なのだそうだ。

　細い道を抜けた先は確かに王太子の部屋の庭の隅で、まさか図書館からここへ来られるとは誰も思わないだろう。

　アデルは、少し緊張した面持ちで王太子の部屋へと向かう。その手は微かに震えていて、メリアは励ますように握った手に力を込めた。


「久しぶりだね、アデラード。直接こうして会うのは何年ぶりかな」

　窓のそばに近づくと、リシャールが出迎えてくれた。うつむくアデルにリシャールは
「兄上……」

　そっと手を伸ばし、宥《なだ》めるように肩を叩いた。

「私の呪いは、アンジェが解いたよ。だから、おまえは何も気にしなくていいんだ」

　その言葉に、アデルが顔を上げる。リシャールは安心させるようにうなずいた。

「色々と話したいことはたくさんあるけれど、今は時間がない。メリアを頼むよ」

　アデルは、ハッとしたようにうなずくと、メリアを振り返った。

リシャールが部屋の中に転移陣を準備してくれており、メリアはアデルと共に陣の上に立つ。

「夜明けには、ここに戻っておいで」

リシャールの声にうなずいて、アデルが足元の転移陣に魔力を注ぐ。白い光に包まれて、メリアは目を閉じた。

◇

目を開けると、そこはメリアの家のキッチンだった。

「すごい、こんな所にも転移ってできるのね」

公的な場所への転移陣しか知らなかったメリアは、驚いてアデルを見上げた。自宅へ直通とは聞いていたものの、家の前だろうと思っていたのだ。

「王族専用の、緊急避難用の転移陣だからね。術者の知っている場所なら、どこへでも行ける」

ちゃんとこの場所も覚えていたから、とアデルは得意気に胸を張る。

「だから、アデルが一緒に来てくれたのね。ここを知っているのは、アデルと……あとセージュだけだもの」

「あいつもここを知ってるのか……。ちょっと妬けるな」

不満げな息を漏らしたアデルに思わず笑ったあと、メリアはパントリーの扉を開けた。

「この先に私の研究室があって、そこに毒を保管してるの。取ってくるから、アデルはここで待っていて」

説明しながら研究室へ続く扉を開けようとすると、アデルがうしろからメリアの手を握った。

「一緒には、行けない？」

「私の魔力がないと扉が開かないし、中に入るのにも私の魔力を感知するように設定してるから」

だから外で待っていて、と言おうとした言葉は、アデルの唇に塞がれて消えた。

アデルの舌が、メリアの舌を掬い上げるように絡める。そして強く舌を吸われて、メリアは思わずアデルの胸に縋《すが》りついた。

「……ん、アデル、待っ……」

「もっと、メリアの魔力を分けて」

囁かれて、アデルも研究室に一緒に入るつもりであることを理解する。

メリアは唾液に魔力を乗せると、おずおずと舌を差し出した。待っていたかのようにアデルがそれを吸い上げ、もっととねだるように舌を絡めてくる。

魔力を分けるだけならこんな官能的なキスをする必要はないのだけど、混じり合うふたりの魔力の甘さに溺れて、メリアはアデルの背に回した手に力を込めた。

「ごめん、うっかり本来の用事を忘れるところだった」

長いキスを交わしたあと、ようやく唇を離したアデルが悪戯っぽく笑う。

「これで、おれも一緒に中に入れる？」

「うん。大丈夫だと思うわ」

呼吸を整えてうなずきながら、実のところはメリアが許可さえ出せば魔力を交換せずとも出入り可能であることは、黙っておこうと心に誓う。


地下に降りたメリアは、保管庫の中から解毒剤のサンプルと、以前にアデルの身体から取り除いた毒を入れたフラスコを取り出した。

「これが、おれと兄を狙った毒か。見た目からして嫌な感じだな」

フラスコをのぞきこんだアデルが、顔をしかめる。

「同じ毒だと思うけど、リシャール様の身体を覆っていた毒は、これよりも強力だと思うわ。注意していないと気づかないほどの量だったのに、浄化するのに大量の魔力を必要としたもの」

「微量でそうなら、一気に大量に使われたら、それこそ即死レベルだな」

「怖いこと言わないで」

鳥肌のたった腕をさすって、メリアは首を振った。だけど、いつ誰がこの毒を使っているのか分からないのだから、そのうち大量の毒によって魔力を奪われ、命を落とす人が出るかもしれない。それはアデルやリシャールかもしれないし、他の誰かかもしれない。

「こっちが、解毒剤のサンプル。配合はメモしてあるから、もう一度作ることはできると思うけど、リシャール様の毒にどれほど効果があるかは分からないわ」

試験管の中の微量な液体を、アデルはのぞきこんで首をひねる。

「ここで今、量をたくさん作ることはできる？」

「たくさん作るには材料が足りないわ。とりあえず、一回分は作れると思うけど」

ごめんなさいと頭を下げるメリアの肩に触れて、アデルは首を振った。

「兄と相談して、なんとか城の調合室を使えるようにしよう。解毒剤があるのとないのでは、大違いだ」

「うん。あとこれは、私が毒の成分を解析したものなんだけど」

メリアは、調合台の端に置いてあった分厚いメモの束を手に取る。

「治癒師っていうのは、そんなこともするのか？」

驚いたように眉を上げるアデルを見て、メリアは笑って首を振る。

「私くらいなものよ。体力を削る普通の毒は、一般的にはシニムの実を使った解毒剤があれば事足りるし、もしそれで足りなくても治癒魔法で治せるから、毒の研究をする私は変わり者だとよく言われるの」

「だけど、そのおかげでこの毒の存在に気づけたんだ」

うしろから抱き寄せられて、メリアは笑ってうなずいた。

「初めて役にたったわ」

メモの束をパラパラとめくりながら、メリアは首をかしげる。

「この毒は調合して作られたものだと思うの。使われている素材は大体把握できたんだけど、いくつか分からないものがあって。きっとそれが分かれば、もっと効果のある解毒剤を作れるはずなんだけど」

「メリアでも分からない素材か……」

「ベースは、スルクの実と、魔獣のクラーレの体液を使ってると思うのよね。どちらも回復薬に使われることの多い素材だから、毒とは関係ないと思うわ。でもそうしたら、魔力を奪うっていうのが全然分からなくて。このあたりの素材が分かれば、もう少しはっきりしそうなんだけど」

メリアは、パラパラとめくっていたメモの中程で手を止める。試行錯誤の跡が残る手書きのメモをのぞきこんで、アデルも首をかしげる。

「蜂蜜の香り?」

「うん。でもね、素材には蜂蜜やそれに似たものが使われていないの。微かに香る程度なんだけど、気になって」

「うーん、メリアに分からないものが、おれに分かるとは思えないけど……」

ため息をついて考えこんだアデルは、不意にあっと小さく声をあげた。

「ひとつ、心当たりがある」

アデルは、メリアの顔をのぞきこむとメモを取り上げた。

「バレン島は知ってる？」

「ええと、確か三十年ほど昔に、この国に攻め込んできた国……だったところ、よね」

子供の頃に習ったことを思い出しながら、メリアは首をかしげる。

「うん。突然攻め込んできたものの、軍事力の差は歴然でね。ほとんど負傷者も出さずに事態は数日で終息したけれど、バレンの王は負けを認めず自害した……という話だ。以降、バレンは我が国の領土となったけど、もともと作物が育ちにくい上に、秋の嵐の影響を受けやすい小さな島だったからね、今はあの島に住む人は誰もいないはずだ」

「そのバレン島が、どうしたの？」

たずねるメリアにアデルは、関係あるか分からないけれど、と前置きして口を開く。

「バレン島の岩場に、小さな白い花が咲くんだ。どうやらそこにしか咲かない固有種らしいんだけど、見た目も地味だし、雑草のような扱いだったはずだ。その花が蜂蜜に似た甘い香りを持つと、何かで読んだ記憶がある」

少し懐かしそうな表情で、アデルは笑みを浮かべた。

「子供の頃、兄は蜂蜜が好きでね。蜂蜜の香りの花なんて珍しいだろう。摘んでいって見せたらきっと兄も喜ぶだろうと思ったんだけど、さすがにバレン島にはそう簡単に行けないから諦めたんだ」

ふたりの仲が良かった頃の微笑ましいエピソードに、メリアも小さく笑う。

「それで覚えていたのね。花の名前は、分かる？」

「確か、リコリといったかな」

「リコリ……、知らない花だわ。城に戻ったら、図書館で調べてみる」

名前をメモすると、メリアは調合台に向かった。記録しておいた解毒剤の配合を確認しながら、材料を台の上に並べていく。

「とりあえず、解毒剤を作ってみるわ。調合に少し時間がかかるから、アデルはそこで休んでいて」

調合の手を止めず、メリアは振り返ってそばのソファを視線で示す。研究に没頭しすぎた時に仮眠をとるための小さなソファなのでアデルには小さすぎるかもしれないが、少しでも身体を休めて欲しい。

「解毒剤を作るのは、どれくらいかかる？」

作業をするメリアの背後から、のぞきこむようにしてアデルがたずねる。メリアは火にかけていた小鍋を取り上げて、中身を白い布を敷いた漏斗の上に流し込みながら小さく首をかしげた。

「そうね、こうやって布で濾《こ》すんだけど、それに少し時間がかかるの。夜明けまではかからないと思うけど、ギリギリくらいかしら。完成したら起こすから、アデルは寝ていて。ソファが狭いようなら、上の寝室でもいいし」

「濾す時は、見守っていないとだめ？」

「うーん、放っておいても問題はないけど、なんとなく見守っておきたい、かな。大事な解毒剤だし」

「そっか」

アデルはうなずくと、ソファに腰を下ろした。そして、にっこりと笑うと手を広げてメリアの名前を呼んだ。

「ここに、おいで」

「え……」

「すぐそばで見ている必要はないだろう。メリアも少し休まなきゃ」

甘い微笑みに誘われて、メリアはアデルのそばに行く。アデルはメリアの腕を引くと脚の間に座らせて、うしろから抱きしめた。温もりに包まれて、メリアは思わず小さな吐息を漏らす。

「ほら、もっともたれて。眠っていいよ。解毒剤は、おれが見ておくから」

「でも」

「おれは、任務で眠らないことも多いから、大丈夫。色々あって、疲れただろう。夜明けまでまだ時間があるから、少しでも休まなきゃ」

あやすように頭を撫でられて、急激に眠気が襲ってくる。リシャールの治療で魔力を半分以上使ったこともあるし、いつもより疲れているのだろう。

「じゃあ、少し、だけ……」

そうつぶやいて、メリアは目を閉じた。眠るのに適した体勢ではないのに、アデルの体温を感じているだけで安心して眠れそうだ、と思いながら。


しばらくして目を開けると、随分と頭がすっきりしていた。

「ん、起きた？　メリア」

身じろぎしたのに気づいたのか、アデルが顔をのぞきこむ。いつの間にか、身体を包むようにブランケットがかけられていた。

「うん、すごくすっきりしたわ。どれくらい眠ってた？」

「それほどでもないよ。もっと寝ててもいいのに」

アデルが、調合台の上の解毒剤を指す。少しずつ布で濾している液体はまだ容器の半分も溜まっていなくて、確かにそれほど時間は経っていないようだ。

「私はもう大丈夫だから、今度はアデルが眠って」

振り返って見上げると、アデルは笑って首を振った。

「おれは大丈夫。それに、せっかくメリアとふたりきりなのに、眠るなんてもったいない」

悪戯っぽく囁きながら耳元に口づけられて、メリアは身体を震わせる。

「ん、耳はだめ……ってば」

「知ってる」

くすくすと笑いながら、アデルは逃げようとするメリアの身体を抱きしめた。

「眠るより、メリアとこうしていた方がよっぽど疲れが取れるよ」

囁いて耳元やこめかみに何度も口づけを落とすアデルに、メリアも笑って抱きしめる腕に手を添えた。

「うん。温かくて……幸せ」

「ずっと、こうしていたいな」

アデルがため息と共に吐き出した言葉は切なく震えていて、メリアはアデルの腕に添えた手に力を込める。

「兄の呪いは……、解かれたって言ってたよな」

躊躇いがちに切り出された言葉に、メリアはうなずくと、アデルの顔が見えるように座り直した。

「アンジェが癒したと、私もリシャール様から聞いたわ。アンジェに出会って一時期体調がとても良くなった時があったでしょう。きっと、そのことだと思う」

メリアは、そっとアデルの頬に手を伸ばす。そして、安心させるように微笑みかけた。

「リシャール様は仰ってたわ、アデルが気にすることではない、と。今のリシャール様の体調不良は、毒のせいだもの。アデルも、呪いも、関係ないわ」

表情の晴れないアデルを見上げて、メリアは胸を張る。

「解毒剤は今作ってるし、どんな毒だって私とアンジェが癒してみせるわ。こう見えて私も、結構凄腕の治癒師なんだから」

得意げな顔で笑ってみせると、アデルは泣き笑いのような表情になった。そして、メリアをきつく抱き寄せた。

「ありがとう、メリア」

「私は、アデルの専属の治癒師だもの。あの毒が王族を狙ったものならば、アデルだってこの先、またいつどこで毒を受けるかも分からないのよ。いつだって、すぐに呼んで。あなたの治療は、私がするんだから。約束よ」

「うん。こんなに心強いことはないな」

アデルはうなずくと、笑顔を浮かべた。その表情は、先程までより少し晴れたように見える。


「解毒剤、効くといいな」

少しずつ容器の中に溜まっていく解毒剤を見つめて、メリアがぽつりとつぶやいた。

「メリアの作ったものだ、効かないわけがない」

「ふふ、ありがとう。でも、こんな恐ろしい毒は存在を許してはいけないわ。誰が、何の目的で作ったのかしら」

ぞくりとした寒気に身体を震わせて、メリアは考えこむ。少なくとも今判明している毒の被害者はどちらも王子で、王族に対する恨みから使われている可能性は高い。

「国王陛下は、大丈夫なのかしら。一度お会いして、確認させていただいた方がいいんじゃない？」

「うん、それはおれも考えていた。まぁ、父は元気にしているから、兄のように毒を盛られている可能性は低そうだけど。それよりも、現状メリアしかこの毒に気づけないわけで、きみの負担が大きくなることの方がおれは心配だよ」

「私なら、大丈夫よ。国王陛下にお会いするのは緊張するけど」

「おれの大切な人だ、と紹介しようか」

冗談めかして笑ったものの、アデルの瞳は真剣な色を宿している。メリアは小さく息をのんだあと、ゆっくりとうなずいた。

「アデルの大切な人だと言ってもらえて、すごく嬉しいわ」

その言葉に、アデルはメリアを抱き寄せる腕に力を込めた。

「おれはメリアを愛してる。治癒の力だけじゃない、メリアの全てが欲しいんだ。メリアが嫌だと言っても、もう手放せない」

「アデル……」

「何度もおれの命を救ってくれたからとか、甘い魔力の運命の治癒師だからってだけじゃない。メリア自身が好きなんだ。きみのそばに、ずっといたい。きみの未来ごと、全てが欲しい。おれのそばで、ずっと笑っていて」

真摯な瞳で見つめられて、メリアはこくりと唾を飲み込むと、うなずいて笑顔を浮かべた。油断すると、涙が溢れそうになるのを堪えながら。

「私もアデルのことが好き。あなたを癒すのはいつだって私でいたいし、ずっとあなたのそばにいたい」

震える声でそう伝えると、アデルは愛おしそうな笑みを浮かべてメリアを抱きしめた。

「うん。一緒に父に会ってくれる？　メリアを紹介したいし、おれは兄を支えていくつもりだって明言したい。王位継承権を巡る争いを、もう終わらせたいんだ」

「それから、毒の確認もね」

メリアがつけ加えると、アデルは少しだけ困ったように笑った。

「本当に、きみの力に頼りっぱなしだな。おれは、何もできない」

歯痒《はがゆ》そうな表情を浮かべたアデルの顔を、メリアは笑ってのぞきこんだ。

「じゃあ、アデルの魔力を分けてくれる？　そして、もらったあなたの魔力と一緒に、国王陛下もリシャール様も、癒すの。きっと、私ひとりの力よりも強力になるわ」

アデルは、メリアの頬に触れて唇をそっと重ね合わせた。滑り込んできた舌から感じる甘いアデルの魔力に、メリアも舌を絡めて応える。

「おれの魔力を、もっとたくさん持って行って。だから、キスだけじゃ足りない」

掠れた声で囁かれて、メリアは笑ってうなずき、アデルの首に腕を回した。


何度も角度を変えて口づけながら、アデルはゆっくりとメリアの服のボタンを外していく。露わになった胸元の肌を、アデルの硬い指先が確かめるようになぞった。

「ん……や、アデル……」

くすぐったいような、もっと触れて欲しいような感覚に、メリアは身体をよじった。

「服が汚れたら困るから、脱いでしまおうか」

「え、えっ……」

戸惑っているうちに、ボタンを全て外し終えたアデルがメリアの服を床に落とす。あっという間に下着姿にさせられてしまい、その手際の良さに目を瞬くしかない。

「ほら、これも脱いでしまおう」

「や、アデル待って……」

慌てて抵抗しようとした時には、下着も取り去られていた。明るい室内で肌を晒している恥ずかしさに、メリアは身体を抱きしめるように身を縮める。

「メリア、隠さないで」

「だって恥ずかしい……」

うつむいて首を振るメリアに、アデルはくすくすと笑った。そして、耳元に唇を寄せると吐息混じりに囁いた。

「これからもっと恥ずかしいこと、するのに?」

「……っ」

一瞬で真っ赤に染まった耳を、アデルは笑いながらかぷりと食んだ。その刺激に身体を震わせたメリアの手を取り、ソファの背に押しつけるようにしながら唇を重ねる。

優しいキスに溺れて、ふと気がついた時には、メリアはアデルの目の前に余すところなく身体を晒していた。

「や……、そんな、見ないで」

手を取られているので隠せなくて、せめて顔だけは見られないようにとメリアはうつむく。

「ずっと見ていたいくらい、綺麗なのに」

甘く微笑みながら、アデルはメリアの顎を掬い上げると優しくキスを落とした。それだけで、メリアはうっとりと目を細めてしまう。

アデルの手はメリアの細い腕をたどり、首筋を撫でた。その刺激にメリアの身体はまた震え、胸の膨らみも合わせて揺れた。

ふっと笑みを浮かべたアデルは、メリアの胸元に顔を寄せる。

「ひゃ……んっ」

ふたつの膨らみの間を吸い上げられて、メリアの唇から甘い悲鳴が漏れた。アデルは満足気に笑いながら、何度も胸の形を確かめるように唇を落とす。時折痕を残すように強く吸われて、その度にメリアの身体は震える。

「や……あぁっ」

触れて欲しいと存在を主張し始めていた胸の先に口づけられて、メリアは高い声をあげた。甘く噛みつかれたり、強く吸われたりと、断続的に与えられる刺激に、メリアの口からは吐息と甘い声がひっきりなしに漏れる。

「治癒師のメリアは独占できないけど、今ここにいるメリアはおれだけのもの」

囁いたアデルは、一度深くメリアに口づけたあと、床に膝をつく。そして、すでに潤み始めていた身体の中心に唇を寄せた。舌先で掬い上げるように蜜を舐め取られ、その甘く柔らかな感触にメリアは背中を反らして悲鳴をあげる。

「アデル……っ、ん、やぁっ、だめ」

ぷっくりと勃《た》ちあがった花芽を何度も舌先で刺激されて、頭の中が白くなりそうなほどの快感にメリアは必死で首を振る。

騎士服を着たアデルが、まるでメリアに跪《ひざまず》いて奉仕しているように見えて、その倒錯的な光景を直視できない。

快楽から逃れたいのと、羞恥で脚を閉じようとしたら、アデルの手がそれを止め、にっこりと笑ってメリアを見上げた。

「メリア、脚を閉じちゃだめだよ」

「だって……っ」

「こうするの、嫌だった？」

甘く笑って首をかしげるアデルに見つめられて、メリアは手で顔を覆って緩く首を振った。

「嫌じゃ……ない、けど……っ」

「ふふ、良かった。じゃあ、もっと」

くすりと笑ったアデルは、閉じかけた脚をたしなめるように内腿《もも》に口づけを落とすと、また秘部に舌を這《は》わす。ぴちゃぴちゃと濡れた音が響くのに羞恥を煽《あお》られて、メリアの身体に力が入った。

「あぁ……ん、っアデル、もうっ……」

絶え間なく与えられる快楽に追い詰められて、メリアの脚が、逃れるように宙を蹴る。

思考を白く塗りつぶされるほどの快感に、がくがくと身体が震える。

ちゅうっと強く花芽を吸われて、メリアは高い声をあげながら全身を震わせた。


「メリア、気持ち良かった？」

涙のこぼれた目尻に口づけて、アデルが笑う。メリアは呼吸を整えながら、ぐったりと

力の入らない身体をゆっくりと起こした。

「私ばっかり……」

「メリアが気持ち良くなってるところを見るの、好きなんだ。おれだけしか知らないメリアだって思うから」

甘く微笑みかけられて、メリアの頬が熱くなる。

アデルはメリアの頭を優しく撫でると、手早く服を脱ぎ捨てた。あらわれた自分のものとは全く違う引き締まった身体に、メリアは思わず目を奪われる。

「おいで、メリア」

隣に座ったアデルが、メリアの腕を引いて抱き寄せる。引かれるままに身をまかせると、アデルは脚の上をまたぐようにメリアを座らせた。

一気に密着が深まり、メリアはうろうろと視線を彷徨《さまよ》わせる。近くにあるアデルの顔は、なんだか恥ずかしくてまともに見られないし、かと言って下を向けば脚の間にあるアデルのものが存在を主張していて、そちらも見ることができない。

「おれを見て、メリア」

アデルの手が頬に触れて、正面を向かされる。その手は優しいけれど、しっかりと固定されて視線をそらすことすら許してもらえない。

美しい銀の瞳の中に、泣き出しそうな顔をしたメリアが映っていた。

「ずっと、おれのことだけ見ていて」

じっと見つめられ、懇願するように囁かれて、メリアはゆっくりとうなずく。

「私には、アデルだけよ」

「うん。おれにも、メリアだけ」

嬉しそうに笑ったアデルは、メリアに深く口づけた。

頭の芯が痺れそうなほど、何度もお互いの舌を絡め合ったあと、アデルはメリアの腰をそっと撫でた。

「……いい？」

甘く囁かれて、メリアはこくりとうなずいた。メリアの身体は、待ちきれないとでもいうようにずっと熱く疼いている。

一度確めるように秘部に触れたアデルは、くちゅりと濡れた音を聞いて嬉しそうに笑った。そしてメリアの腰をつかむと、熱い昂《たかぶ》りをゆっくりとメリアの中に沈めていく。

「あ……、んんっ」

肌が粟立つほどの快楽を、メリアはアデルの腕をつかむことで耐える。奥まで満たされる感覚に、思わず吐息が漏れた。

「メリア、愛してる。おれの運命のひと」

「ん、アデル……っ」

深く口づけられながら揺さぶられて、メリアは必死にアデルにしがみつく。彼が動くたびに全身が痺れるような快感に襲われて、涙がこぼれ落ちる。その涙を指先でぬぐうと、アデルは笑みを浮かべてメリアを抱きしめた。

「可愛い、メリア。すごい締めつけられて、離さないって言われてるみたい」

「あぁ、んっ、そんなの分かんない……っ」

「メリアは、ここ触られるのが好きだったよな」

くすりと笑ったアデルが、ふたりの繋《つな》がった部分を確かめるように触ったあと、そのすぐ上の敏感な蕾《つぼみ》を摘む。

「や……！　んん、そこ触っちゃ……だめぇっ」

「ほら、すごい締まる」

逃げようと身体をよじるメリアを抱きしめて、アデルの指先はひたすらに花芽を刺激する。悲鳴をこぼす口もアデルのものに塞がれて、涙だけがぽろぽろと、いく筋も頬をつたって落ちていった。

「ふふ、ごめん。メリアがあんまり可愛いから、少しいじめすぎたね」

しばらくしてようやくメリアを解放したアデルは、笑いながら涙のあとに唇をつける。断続的に快楽を与えられて、そこから降りてこられないメリアの身体はまだ微かに震えている。

「でも、まだ終わりじゃないよ。メリア、こっちを見て」

アデルの手がメリアの頬に触れ、視線を合わせるように顔を向けられる。揺らめく銀の瞳が甘く細められたと思った瞬間、下から強く突き上げられて、メリアは目を見開いて快楽に耐える。

「あぁっ、……あんっ、やぁっ……！」

揺さぶられるたびに、メリアの唇からは悲鳴のような声があがる。アデルは、逃がさないとでもいうようにメリアの身体をきつく抱きしめた。まるで執着の強さをあらわしているように思えて、メリアもそれに応えるようにアデルに強くしがみついた。

◇

ぐったりとソファに倒れ込んだメリアの身体を、アデルが抱き上げて膝の上に乗せる。立て続けに二度抱かれて、メリアは脚が震えて立てない状態だ。

「回復薬……、取って」

腕を上げることすら億劫《おっくう》な状態で、メリアは緩慢な動きでそばの棚を指差す。アデルはくすりと笑うと、手を伸ばして回復薬の小瓶を取り上げた。

「ごめん、無理させすぎたな」

「ううん、大丈夫……」

身体は怠いけれど、アデルと過ごしたこの時間は幸せだったし、回復薬を飲めば仕事にも支障はないだろう。

それに何より、身体の中に感じるアデルの魔力が温かくて嬉しくて、思わず確認するようにお腹をさすってしまう。

「メリア、その仕草はなんだか誤解を招きそう」

小瓶の蓋を開けながら、アデルが笑う。言われてみれば確かに、まるでそこにアデルとの子供がいるような仕草をしてしまったことに気づいて、メリアは熱くなった頬を押さえた。

「いつか、そんな日が来るといいなと思うけど。今はまだ、おれひとりでメリアを独占していたいなぁ」

遠い未来を想像してアデルは笑ったあと、回復薬の小瓶に口をつけた。そのままメリアに唇を重ねて、口に含んだ回復薬を少しずつ流し込む。

アデルの体温で少しぬるくなった回復薬はいつもよりも甘くて、メリアはこくりと喉を鳴らしてそれを飲み込んだ。


うっかりアデルとの行為に夢中になってしまったけれど、解毒剤の完成までは、まだもう少しかかりそうだ。

そろそろ服を着なければ、と思うものの、直接触れ合う肌の温もりが心地良くて、メリ

アはアデルの胸に頬を擦り寄せながら解毒剤を見つめる。

「メリアが甘えてくれるの、いいな」

アデルが嬉しそうに笑って、メリアの頭を撫でてくれる。その指先からアデルの優しさが伝わってくるようで、メリアはうっとりと目を閉じた。


一瞬眠っていたらしい。ふ、と目を開けると、アデルの上着が肩から着せかけられていた。

「おはよう、メリア」

「ご、ごめんなさい……、寝ちゃった」

焦って身体を起こすメリアを見て、アデルはくすくすと笑うと、調合台を指差した。

「大丈夫。ほんの少しの時間だったよ」

容器に溜まった解毒剤の量はさっきとほとんど変わっていなくて、寝過ごしたわけではないことを知ってほっとため息をつく。

「そろそろ着替えなきゃ」

いつまでもこうしていたいけれど、夜明けには戻らなければならない。

いつの間にかそばの椅子に畳んで置かれた服に手を伸ばそうとすると、アデルがそれをつかんで止めた。

「あと少しだけ……、こうしていて」

懇願するように囁かれて、メリアはうなずいてアデルの腕の中に戻った。

「この傷は……、魔獣の討伐でついたの？」

アデルの胸元にいくつも残る傷跡を指先で辿りながら、メリアはたずねる。

「いや、これは……子供の頃についた傷だ。王太子派、と呼ばれる奴らがおれを殺すために、よく暗殺者を送り込んできていたから」

困ったように笑うアデルに、メリアは口元を押さえた。

「ごめんなさい……、軽々しく聞いていいことではなかったわ」

「いいんだ、メリアにはおれのこと、何でも知っていて欲しいから」

しゅんと萎れたメリアを慰めるように撫でて、アデルは笑う。

「結構ヤバい傷もあったんだけどね、運だけは強かったみたいで、いつもギリギリのところで生還したんだ。だけど、教訓として傷跡は残しておこうと思って」

「これからは……、ううん、そんなことない方がいいけど、もしもの時は私が絶対に治すから」

「うん。おれの専属治癒師だからな、メリアは」

笑ってアデルは、メリアにそっと唇を重ねた。

◇

「王太子派っていうのは名ばかりでね、結局のところ、身体の弱い兄を王位につけて背後から操ってやろうと考えてる奴らばかりなんだ。もちろん、兄はそんなことお見通しだけどね。あの人は、操り人形になるような人じゃないから」

メリアを抱きしめ、髪をゆっくりと撫でながらアデルが話し始める。

リシャールのことを語るアデルの口調は少し誇らしげで、ふたりが本当は敵対していないことをあらわしていて、メリアも嬉しくなる。

「でも、アデルを推す人もいるんでしょう？」

「まぁね。おれって、できる男だから」

得意げな顔をして笑ってみせたあと、アデルは小さく息を吐く。

「この瞳はね、王族の証なんだ。銀の色が濃いほど、王の資質があると言われてる」

そう言って目元を指すアデル。確かに彼の瞳は、美しい銀色をしている。まるで揺らめいているようなその瞳は、メリアもとても好きだ。

「兄よりも、おれの方が銀が濃いと言う人もいてね。正直なところ、どちらもさして変わらないと思うけど」

アデルは、瞳を閉じてため息をつく。

「おれに近しい人は、おれが王になりたいと思っていないことを知っているからね。結局のところ、この瞳の色を理由におれを推しているのは、正妃の子である兄のことを邪魔に感じている奴だけだよ」

困ったように笑うと、アデルはメリアを抱き寄せる腕に力を込めた。

「おれは、王には向かない。この国の全てを守るのは、おれの手に余る。おれが欲しいのはただひとつ、メリアだけだから」

そんなことを言いながらも、アデルは魔導騎士団として危険な魔獣の討伐任務に就いているのだから、本心ではこの国を守りたいと思っているのだろう。

メリアは、アデルの腕にそっと手を添えた。

「私も、欲しいのはアデルだけよ」

「おれの全てを、メリアにあげるよ」

耳元で囁いて、アデルは調合台の方を見た。容器の中に溜まった解毒剤は、天井の灯りを反射してキラキラと輝いている。

「……完成、かな」

アデルの言葉にうなずいて、メリアは立ち上がって服を身につけると、できあがったばかりの解毒剤に手を伸ばす。

フラスコの中から保存していた毒を少量取り出してシャーレに乗せると、メリアは解毒剤をその上に垂らした。

解毒剤が触れた瞬間、淡い水色の光を放って毒が浄化されていくのを確認して、メリアはうなずいてアデルを振り返った。

「うん、成功だわ」

「良かった。さすがメリア」

その言葉に心からの賛辞を感じて、メリアは照れくさそうに微笑んだ。

手のひらに収まる大きさの小瓶ひとつ分の解毒剤は、大量の材料を必要とする割にほんの少ししかできない。この量は、ひとり分にしかならないだろう。

「本当は、アデルにも持っていて欲しいけど」

「おれには、凄腕の専属治癒師がいるから、大丈夫」

シャツの袖のボタンを留めながら、アデルはにやりと笑った。

「そうね」

アデルのその表情に、メリアも思わず笑顔を浮かべた。

「この解毒剤は、リシャール様にお渡しするわね。毒がどのルートでリシャール様の体内に入ったのかを調べるために、できれば食事などの口にするものをチェックさせていただきたいし、国王陛下にも毒が盛られていないか、お会いして確認しないと。それから、もっとたくさんの解毒剤も作らなくちゃならないし」

指を折りながらすべきことをあげていくメリアを、アデルはうしろからそっと抱きしめた。

「メリアにばかり負担をかけて、ごめん」

「大丈夫よ。アデルからたくさん魔力も分けてもらったし、ひとりじゃないって気がするわ」

「じゃあ、もう少し魔力を分けようか」

耳元で色気のある声で囁くアデルに、メリアはくすくすと身体を震わせながら首を振る。

「うーん、それはもう時間切れかしら」

残念だけど、と笑って、メリアはアデルを振り返って見上げた。

第六章　リコリの毒

夜明け前、メリアはアデルと共にリシャールの部屋に設置された転移陣へと帰還した。

どうやら寝ずに待っていてくれたリシャールが、ふたりを出迎えてくれた。

「兄上、顔色が悪いじゃないですか。早く休んでください」

「おまえと違って私は陽にあまり当たらない分、日焼けしていないだけだよ、アデラード」

体調が悪いのでは、と心配そうにするアデルに、リシャールは嬉しそうに微笑みながら穏やかに首を振る。

きっと子供の頃はこうだったのだろうと思わせるようなやりとりに、メリアは込み上げてきた笑いを堪えて小さく肩を震わせた。

「兄上」

アデルは真摯な声で呼びかけると、リシャールの前に膝をついた。

「おれは、いずれ王となる兄上を支えていきたいと思っています。おれの母がしたことは許されることではありませんが、その分、側で兄上を支えさせてください」

リシャールは驚いたように目を見開いたあと、ふっと笑みを浮かべた。

「顔を上げて、アデラード。私の方こそ、謝らなければならない。私の指示ではなかったとはいえ、配下の者が異母弟たちを襲ったのだからね。こちらが先に仕掛けたことが、全ての始まりだ。本当に申し訳なく思うよ」

うつむいて首を振るアデルの肩を、リシャールはなだめるように叩いた。

「アデラードが私を支えてくれるなら、こんなに心強いことはない。ありがとう」

「兄上……」

アデルは、ほんの少しだけ泣きそうな表情を浮かべたあと、大きくうなずいた。

「さぁ、夜が明ける前に戻るんだ。夜通し仕事をさせて悪かったね。朝まで少しでも休んでおくれ」

そう言って促され、メリアはリシャールに解毒剤の小瓶を渡すと、部屋を出た。

図書館の裏手でアデルと別れ、迎えに来たネレイドと共に自分の部屋へと戻る。起床時間まではまだ時間があるので、少しでも身体を休めておかなければ、とメリアはベッドに入った。

アデルが国王に会えるよう手配してくれると言っていたので、そちらは任せるとして、解毒剤の作成と、アデルの言っていたリコリの花についても調べてみる必要がある。毒がどういう経路でリシャールの体内に入ったのかも調べなければ。

頭の中でしなければならないことを考えているうちに、メリアはいつしか眠っていた。

◇

数時間後、目覚めたメリアは、少し疲れの残る身体を叱咤《しった》して起き上がった。

朝食の席で、治癒師長から午前のリシャールの治療はアンジェが行うからメリアは行かなくていいと告げられて、きっとリシャールはメリアの体調を気遣ってくれたのだろうと思う。

夜通し起きていたのは解毒剤の作成だけが原因ではないので、微妙に申し訳ない気もするけれど。

「あなた、王太子殿下にえらく気に入られてるみたいじゃない」

金髪の治癒師が、隣にやってきてメリアにそう声をかける。相変わらずくっきりと髪を巻いた彼女は、以前よりも柔らかな雰囲気を纏っているように見える。

「王太子殿下ってば、地味めな子が好みなのね。聖女アンジェとあなた、どっちが勝つか賭けてるのよ。あたし、あなたに賭けてるんだから、頑張りなさいよね」

ばんばんと背中を叩かれて、メリアは曖昧な笑みを浮かべる。彼女の負けは確実だけど、わざわざ言う必要もないだろう。

どうやら彼女は、聖女を目指すことをやめて近衛騎士を落とすことに目標変更したらしい。やっぱり男は筋肉質なのがいいわよね、とうっとりとした表情で語っている。

「ねぇ、その髪型も悪くはないけど、たまには雰囲気を変えてみればいいのよ。男はギャップに弱いって言うし。あたし、髪を編むのは得意だから、特別にやってあげるわ」

「え、別にいいです……」

メリアが身を引こうとする前に、彼女の指先がまとめたメリアの髪に触れる。

「ほら、こうやって高めの位置でまとめるだけでも雰囲気変わ——」

妙なところで言葉を切った彼女は、ゆっくりとメリアの髪から手を離すと、微かに赤くなった顔で笑う。

「……今日は絶対、髪を触らない方がいいわね。すごいわ、絶妙な位置につけられてる。この髪型だと隠れるものね」

「……っ！」

唇だけ動かして、耳の裏に痕がつけられていることを指摘されて、メリアは慌てて耳を押さえる。全く記憶にないけれど、いつの間にかつけられていたらしい。

「王太子殿下……じゃない、わよね？」

「ち、違う……」

声をひそめてたずねられて、メリアは真っ赤になって首を振る。

「あーぁ、せっかくあなたに賭けてたのに。残念だわ。大人しそうな顔して意外とやるじゃない。また、お相手がどなたなのか教えてね。なんだか、すごーく執着されてそうだし」

くすくすと笑いながら、彼女は手を振って食堂を出て行った。残されたメリアは、ため息をついて髪が乱れていないかを確認する。

服で隠れる場所にはいくつか痕をつけられた記憶があるけれど、まさか耳裏にまでつけられているとは思わなかった。いつも左耳のあたりで髪をまとめているから、そうしていれば確かに見えないだろうけれど。

数刻前のことを思い出して身体まで熱くなってきたので、メリアは慌てて冷たい水を飲み干した。

◇

食事を終えたメリアは、図書館へと向かった。治癒師の仕事を始める前に、アデルが言っていたリコリの花について調べてみようと思ったのだ。

植物図鑑を何冊か開いて調べてみたものの、リコリの花に関する記載は見つからない。

「うーん、やっぱり関係ないのかしら」

つぶやきつつ、メリアはもう一冊、古びた植物図鑑に手を伸ばす。

どうやら、名もなき草花を集めた本のようだ。普段雑草として扱っているような草花がたくさん載っていて、思わず興味深く眺めてしまう。

パラパラとページをめくっていたメリアは、小さく息をのんで手を止めた。

そのページに描かれていたのは、白く小さな花の絵。メリアもよく使う、安眠効果のあるカミールの花によく似ているが、葉の形が違う。

そして、そこに書かれている文字を、メリアは震える指先で辿る。


――リコリ。カミールによく似た、白い花。ほのかに蜂蜜のような甘い香りがする。よく嗅いでみようと鼻を近づけると、妙な倦怠感に襲われる。バレン国の一部でしか見られない。固有種と思われる。


倦怠感に襲われるということが、魔力を奪われたせいなのかどうかは分からない。それでも、これでリコリの花があの毒に関係している可能性は高い。機会があれば、バレン島から現物を採取して詳しく調べてみたいものだ。

メリアはそのページの内容をメモすると、図書館を出た。


図書館を出て業務に戻ろうと足早に歩いていると、廊下で顔馴染みの治癒師と出会った。

彼女は大量のカルテを抱えていて、メリアは慌てて手を差し伸べる。

「ごめんね、助かるわ、メリアちゃん」

「こんなにたくさんのカルテ、どうするんですか？」

「これねぇ、随分古いカルテなのよ。もう十年近くは開かれたことのないものばかりなの。カルテの保管庫に置いておくにしても、場所に限りがあるでしょう。もう退官された方のものもあるし、治癒師長が一度目を通して、不要なものを仕分けてくれるって言うから」

「確かに、保管庫にはよく使うカルテを置いておきたいですもんねぇ」

同意してうなずきながら、メリアは一緒にカルテを抱えて歩き出す。

治癒師長の部屋をたずねると、ノックしても応答がなかった。どうやら不在のようだ。

「とりあえず、部屋の中に置かせてもらいましょ。部屋の合鍵を借りてるから」

「あ、じゃあ私、やっておきますよ」

雑談の中で、彼女はこのあと忙しいのだと聞いていたので、メリアは笑ってカルテと鍵を引き受ける。

「悪いけど、お願いしてもいい？　ごめんねぇ」

頭を下げつつ小走りに去っていった彼女に手を振って、メリアは鍵を開けてカルテを部屋の中に運び込む。

どこに置こうか迷った末、机の隅に積み上げておくことにして、メリアは大量のカルテを机に置いていく。

「うーん、あんまり高く積んだら危険かしら」

ひとりごとをつぶやきつつ、メリアはカルテの山を少し減らす。

花が好きな治癒師長は、机の上にもいくつかの鉢植えを置いている。万が一カルテの山が崩れて鉢植えに当たりでもしたら、大変だ。

「うん、これで大丈夫かな」

しっかりと積み上げたカルテを見て、メリアは満足気にため息をついた。

念のためメモを残しておこうと机の上のメモ用紙を一枚借りて、古いカルテであることと、要不要の判断をお願いしたい旨を書き記す。

カルテの山の上にぺたりとメモを貼り付けて、任務完了とばかりにうなずいたメリアは、ふと動きを止めた。

一瞬、ふわりと甘い蜂蜜の香りがしたような気がしたのだ。

治癒師長の部屋は花が多く飾られているので、別の花の香りだろうかと首をかしげた瞬間、またふわりと蜂蜜の香り。

「……まさか、ね」

図書館で読んだ本の記憶が新しいせいだろうかと思いながら、メリアは部屋の中に置かれた花を見回す。

窓辺に置かれた鉢植えのひとつを確認した瞬間、メリアは息をのんだ。

カミールの花によく似た白い花。だけど、葉の形はカミールとは全く違う。

図書館で見たものと、同じだ。

「リコリの、花……」

ふらふらと、メリアは窓辺に近づく。甘い蜂蜜の香りが、強くなったような気がした。

ゆっくりと花に顔を近づけると、やはり甘い蜂蜜の香りがする。同時に魔力を吸い取られるような感覚を覚えて、メリアは慌てて花から身体を離す。

「どうして、ここに……」

メリアは呆然《ぼうぜん》としてつぶやく。いつもにこやかな笑顔を絶やさない、ふくよかな治癒師長の顔が浮かんでは消える。

単に偶然かもしれない。花が好きな治癒師長のことだ、甘い蜂蜜の香りのする花を気に入って、育てているのかもしれない。

だけど、彼女なら気づくはずだ。香りを嗅ごうと顔を近づけると、微量ながら魔力を吸い取られる感覚があることに。治癒師長という立場にある彼女が、そのことに気がつかないはずがないのだ。

それでも、信じたくない。もしかしたら、治癒師長がアデルやリシャールの命を狙って毒を作り、それを使っているかもしれないなんて。

だけどこのまま、黙って見過ごすわけにはいかない。メリアの勘違いであれば、それでいい。

胸を押さえて呼吸を整えると、メリアは隣の部屋に続く扉に向かった。そこは治癒師長専用の調合室で、もちろん鍵がかかっている。

一瞬躊躇ったものの、メリアはゆっくりと合鍵を差し込んだ。

薄暗い調合室の中に入り、メリアは薬品棚に目を走らせる。見慣れた薬品の瓶に隠れるようにして、ラベルのついていない小瓶がひとつ。

ゆっくりと震える手を伸ばして小瓶を取ったメリアは、絶望のため息をついた。

一瞬蓋を緩めただけでも分かる、あの毒の気配。アデルやリシャールを襲った、魔力を奪う毒に間違いない。

ここにこの毒があるということは、治癒師長が毒を作っているということで間違いないだろう。

だけど一体、何の目的で。他に共犯者がいるのだろうか。

ひとまず、アデルかリシャールに報告をすべきだろう。昼食後のリシャールの治療はメリアが担当する予定なので、その時に伝えるべきか。それとも、ネレイドを探して言伝を頼む方が早いだろうか。

必死に頭を働かせていたメリアは、うしろからぽんと肩を叩かれて飛び上がった。

「……っ、治癒師長」

「なぁに、そんな化け物でも見たような顔しちゃって。古いカルテ、運んできてくれたのね。ありがとう」

にこやかに笑う治癒師長はやはり優しげで、とても毒を使うような人に見えない。

「あの……」

「だけど、勝手にこんなところまで入るのは、褒められたことではないわねぇ」

治癒師長はにっこりと笑うと、メリアの手から小瓶を取り上げた。

「それは……、何ですか」

震える声で問いかけたメリアに、治癒師長は優しい笑みを浮かべた。

「サンドラから聞いたことがあったのよ。毒の研究が趣味だっていう、変わった弟子の話。あなたのことだったのね、メリア」

「質問に、答えてください。その小瓶の中身は……」

メリアの問いには答えず、治癒師長は、にっこりと笑って調合台の上に並んだ鉢植えを指差す。

「いい香りでしょう、その花」

他の花々に混じって、そこにもリコリの鉢植えが置いてあった。

「蜂蜜の香りなんて、珍しいかしらね。メリアは鼻がきくのね。こんなにたくさんの花を飾っているのに」

ねぇ、と笑った治癒師長は、両手でメリアの肩をつかんだ。指先が食い込んで、痛みにメリアは顔を歪めた。

「案外頭が働くじゃない。この毒の存在に気づいただけでなく、リコリの花に気がつくなんて。図書館で見かけて、びっくりしちゃったわ」

「治癒師長……」

逃げなければ、と思うのに、肩をつかんだ手がそれを阻止する。治癒師長は優しげな微笑みを浮かべると、ゆっくりと首をかしげた。

「でも、もうここまでよ。あなたのことは結構気に入っていたから残念だわ、メリア」

「……っ⁉」

チクリと首筋に何かが刺さったと思った瞬間、凄まじい勢いで魔力が奪われていく。

「……っあ」

立っていられなくて、ぐらりと傾いだ身体を治癒師長が抱きとめた。その腕は優しく、メリアの耳元で彼女は歌うように囁く。

「知りたがりのメリアに、ひとつ教えてあげるわ。リコリはね、花よりも実が一番毒性が強いの。実はたくさん採れないから貴重だけど、リコリの実を使った毒は、あっという間に魔力を奪うわ。だから、ほら……もう、立っていられないでしょう」

治癒師長が手を離すと、メリアは床に崩れるように倒れ込んだ。身体に力が入らず、立ち上がることができない。

「多分、お昼過ぎには魔力も尽きてしまうでしょうけれど、念には念を入れさせてね。あなたはなかなか腕のいい治癒師だから、万が一毒を癒されたら困るもの」

治癒師長はまるで治癒魔法をかけるような優しい微笑みを浮かべて、メリアの両手首に黒いバングルを嵌《は》める。

それは、罪を犯した者が魔力を使えないように嵌められるものだ。特殊な素材でできていて、魔力を使おうとすると激痛が走るようになっている。

「可哀想なメリアは、聖女アンジェの犠牲者になるの。きっと皆が、あなたの死を悼んでくれると思うわ」

「どう……いう、」

もはや声を出すことすら辛い。絞り出した声は、掠れて囁き声のようだ。

治癒師長はメリアの前にしゃがみこむと、憐れむように頭を撫でた。

「筋書きは、こうよ。聖女アンジェが王太子に毒を盛っていたの。彼女が毎日調合して王太子に飲ませていた回復薬から、毒の成分が検出されるのよ。アンジェの部屋から毒物が発見される予定だわ。あなたはアンジェが毒を回復薬に混ぜていることに気づいたけれど、アンジェに毒を打たれて可哀想に死んでしまうの。私があなたを発見して命を救おうとするけれど、残念ながら間に合わなくて、あなたはアンジェが犯人だという証言を残して死ぬのよ」

「そん、な」

メリアを殺すだけではなく、アンジェを犯人に仕立て上げるつもりとは。

動こうとしても、魔力を奪われてどんどん冷えていく身体は思うように動かせない。

「あなたのお墓には、リコリの花を供えてあげるわね」

治癒師長はそう言うと、何事もなかったかのように立ち上がり、調合室の扉を閉めて出て行った。

◇　◆　◇

調合室を出た治癒師長は、鍵をしっかりと閉めると微笑みを浮かべて、乱れた髪を撫でつけた。

メリアの魔力量はそれなりに多いけれど、このまま放置すれば遅くとも昼過ぎには魔力が尽きて死ぬだろう。調合室は集中できるようにと防音壁が使われているから、中で多少メリアが声をあげたところで、外に漏れることはない。もっとも、毒におかされた状態で、ろくに声を出すこともできないだろうけれど。


――シャウラ。きみの毒は、本当に恐ろしいね。

不意に懐かしい声が頭の中に響いて、彼女は足を止めた。ずっと役職名でばかり呼ばれているけれど、彼が与えてくれたシャウラという名前は、彼女の何よりの宝物だ。

――あと少し。きっともうすぐ、あなたの無念を晴らせるわ。

一瞬目を閉じて、シャウラは彼に語りかける。彼が、笑ってうなずいたような気がした。

穏やかで優しい治癒師長の仮面をつけながら、シャウラはゆっくりと倉庫へと向かう。すれ違う人々が笑って手を振ってくれるのに微笑みを返しながら。

倉庫の中央に、鍵のかかる保管庫がある。中に入っているのは、王太子専用の調合材料。聖女アンジェが、王太子のために調合する回復薬の材料が揃《そろ》えられている。

シャウラは、鍵を開けると中から蒸留水のボトルを取り出した。

調合の際に必ず使う蒸留水の蓋を開けたあと、ポケットから小さなガラス瓶を出して隣に置く。

リコリの実から作ったこの毒は、魔力を急激に奪う。シャウラの故郷であるバレンにのみ生える地味なこの植物の、秘密を知るものはほとんどいない。

これまでは、じわじわと弱らせるためにごく僅かな量しか投与していなかったけれど、今日で全てを終わらせるつもりなので、残りの毒全てを投入するつもりだ。

このあと、アンジェが王太子のために回復薬を調合する予定になっている。この蒸留水も、調合に使うはずだ。

自分が作った回復薬で王太子を殺したと知ったら、アンジェはどんな顔をするだろうか。

アンジェの部屋には、こっそりとリコリの実から作った毒を隠してある。育てていたリコリの鉢植えは処分したし、この毒とシャウラを結びつけるものは何もない。

聖女アンジェには何の恨みもないけれど、彼女には王太子殺しの罪と、メリア殺しの罪の二つを被ってもらう。聖女が罪を犯したとなればきっと大騒ぎになるから、シャウラに疑いの眼を向ける者もいないだろう。

あとで、メリアの遺体を運び出さなければならない。調合室から出して、ソファの上に寝かせておけば良いだろう。具合の悪そうなメリアを手当てするために部屋に連れてきたけれど、間に合わなかったと涙のひとつでも流して説明すれば、優しくて皆に信頼される治癒師長の言うことを疑う者はいないはずだ。

第二王子を直接この手で殺せないことは悔やまれるけど、手は打ってあるのでそちらも問題ない。意外としぶとかったあの男の死に顔は、どんなものだろうか。見に行く暇がなさそうなのが、残念だ。

――私から全てを奪ったあの男から、ようやく全てを奪える。

シャウラは、震えるため息をついた。

愛する人を奪われ、故郷を奪われ、愛する人との子供すら失った。
だからシャウラは、あの男からも奪ってやるのだ。
シャウラが手にすることのできなかった、王の子、という存在を。

◇

シャウラは、バレン国の孤児だった。もともと貧しい国で、孤児など珍しくもなかったけれど。両親が立て続けに病気で亡くなり、家を失ったシャウラは、共に過ごしていた二つ年上の姉といつしかはぐれてしまった。お互いが生きていくのに必死だったから、姉の行方を気にする余裕もなかった。

町外れの岩場がシャウラの住処だった。海に浮かぶ小さな島国だったバレン国は、夏から秋にかけて嵐の通り道になっていて、その時期は出歩くことすらままならない。だけど、岩場の陰にいれば少しは雨風をしのげた。

そんな岩場で暮らしているうちに、シャウラはそこに生える植物の奇妙な性質に気がついた。甘い蜂蜜のような香りに引き寄せられて近づくと、妙な怠さに襲われるのだ。本能的にこれに触れてはならないと感じたシャウラは、そのうちその花を使って実験を始めた。

実験に必要な被験者は、まわりにたくさんいた。

食べ物に混ぜて花を摂取させて、どのような症状が起きるのかを確認するのだ。

何人かはそのまま亡くなったけれど、孤児の死なんて誰も気に留めない。

どうやら花の蜜、もしくは秋に成る実を摂取すると魔力を失うらしいことを、シャウラは知る。

そうして得た知識を使って、成長したシャウラは町で仕事をすることにした。

酒場で適当な男に声をかけ、飲み物に花の蜜を混ぜる。そして、魔力を失って倒れた男の介抱を装って、金目のものを盗む。飲み過ぎて道端で倒れ、盗みに遭うことなんてバレンでは日常茶飯事だったから、シャウラの仕事は誰にも気づかれないまま月日が過ぎた。

だけど、油断しすぎたのだろう。ある時、花の蜜を混入したところを運悪く目撃されてしまった。

相手はどうやら地位の高い男だったらしく、シャウラは捕らえられた。そのまま殺されることを覚悟したが、そんなシャウラを救ってくれたのがバレン国王だった。

彼にとっては気まぐれだったのかもしれないけれど、彼に命を救われ、シャウラという名前までもらった。更に、シャウラに治癒魔法の適性があることに気づいた彼は、シャウラを側において治癒魔法の勉強をさせてくれた。

だから、シャウラは全てを彼に捧《ささ》げた。彼を治療するのはシャウラの役目だったし、彼にとって邪魔な人物がいれば、花や実から抽出した毒で暗殺に手を貸すこともあった。

——俺はね、この国をもっと豊かにしたいんだ。

シャウラを抱きながら、彼はよく、そんな夢を語った。

バレンでは国王である彼でさえ裕福な暮らしはしていない。海を挟んだ向こうにある大陸の豊かさに、彼はいつも思いを馳せていた。

——海の向こうのアージェンタイル国を手に入れることができたら、もっと豊かになれる。

夢物語だったはずが、実現すべき目標に変わっていったのは、いつからだっただろうか。

——シャウラ、きみのその毒があれば何だってできる。そうだ、あの国を一緒に手に入れよう。そうしたら、きみは王妃になるんだ。

バレンが貧しく小さな国で、豊かで軍事力もあるアージェンタイルに勝てるはずがないことは、シャウラも朧《おぼろ》げながらに理解していた。

だけどもしかして、シャウラの毒があれば。誰も知らないこの毒の存在は、あの国に勝てる唯一の手段のような気がした。


シャウラは、ふっと閉じていた目を開けた。

長年の願いが叶うのを目前にしたせいか、懐かしいことを思い出してしまう。

シャウラの愛したバレン国王は、アージェンタイルを襲撃しようとしたものの、あっという間に制圧された。貧しいバレンにろくな軍事力などなく、最初から勝てる戦いではなかったのだろう。死者どころか負傷者すらほとんど出すことなく、彼は捕らえられた。たとえ負けたとしても、彼が戻ってきてくれればシャウラはそれで良かった。だけど、彼は負けを認めず自ら命を絶った。自分の国がなくなることに耐えられなかったのかもしれない。彼の死を知った時、シャウラのお腹の中には彼との子供がいた。だけど、ショックのためかお腹の子は流れた。

全てを失ったシャウラは、泣き叫んだ。愛していた人に置いていかれて、またひとりきりだ。シャウラには、もう何もない。

貧しくても、彼を支えていけるだけで良かったのに。生まれた子供を育てて、小さなバレン国を少しずつ盛り立てていく。それで良かったのに。

だから、そんなささやかな夢さえも奪ったアージェンタイルを、シャウラは許さない。一方的な恨みだと言われようとも、シャウラはこの国に愛する王と、王の子を奪われた。だから、シャウラも奪ってやるのだ。この国の王の子を。

とはいえ王族に近づくことは容易ではなく、シャウラは治癒の力を利用して城の治癒師となるところから始めなければならなかった。

幸いなことに、十数年ぶりに再会した姉が城下に住んでおり、再会を喜んだ彼女の好意で住む場所を与えてもらうことができた。

真面目に働きながら少しずつ機会を伺い、気がつけば治癒師長の地位にまで昇り詰めていた。

大国にありがちな後継争いで、側妃の子のふたりは手を下す間もなく死んだし、王太子は身体が弱く、第二王子も危険な任務についている。あとは、毒でほんの少し後押しをしてやるだけで彼らも死ぬはずだった。

治癒師長としての立場を利用して、王太子に少しずつ毒を飲ませ、第二王子には金で雇った男に毒を盛らせて。警戒心の強い第二王子に毒を盛るのはどうやら失敗したようだけど、多少の失敗は織り込み済みだ。少しずつ確実に、目標に近づいているはずなのだ。

シャウラは小さなため息を落とすと、毒の入ったガラス瓶の蓋を開ける。蒸留水のボトルの中に毒を全て投入すると、確認するようにしばらく見つめた。無色透明な毒なので、混入に気づかれることはないだろう。

あとは、アンジェが毒の入ったこの蒸留水を使ってくれれば全てが終わる。

もともと少しずつ毒を与えて弱らせていたので、王太子の死はそう遠くない話だった。苦しむ期間が短くなる分、感謝して欲しいくらいだ。

王子ふたりが亡くなれば、この国の跡継ぎは誰もいなくなる。そのことを確認したら、シャウラはバレンに戻るつもりだ。

あの島にはもう誰も住んでいないけれど、あそこにはシャウラが愛した人との思い出があるから。朽ち果てているであろう城に行き、復讐《ふくしゅう》を果たしたことを報告して、あとはそこで彼の思い出と共に過ごせばいい。

ボトルを元通りにして保管庫の鍵を閉めようとした時、うしろから伸びてきた手がシャウラの腕をつかんだ。

「な――」

声をあげる間もなく口を塞がれ、気がついた時には床に倒されていた。

見覚えがあると思ったら、治癒師らの住む棟の警備を担当している女性騎士だった。確か、ネレイドと言ったか。

彼女は手際よくシャウラの両手両足を縛りあげ、厳しい表情で見下ろす。

「何を混入したのか、ご説明いただけますか」

「さあ、何のことだか分からないわ」

「……では、あなたにこの蒸留水を飲んでいただきましょうか」

冷たい表情でシャウラの顎をつかみ、蒸留水のボトルを傾けようとするネレイドの動きに、迷いは一切見られない。

ここまでか、とシャウラは小さく笑った。

「別に飲んでも構わないけれど、そうすれば私はすぐに死ぬわ。だけど、私が仕掛けたのはここだけではないのよ。他にもたくさん、死人が出るわ」

「そんな脅しなど、無意味です」

「そう思うなら、どうぞ。私はもう、自分の命さえどうだっていいのよ」

くすくすと笑うシャウラに、ネレイドは一瞬躊躇うように手を止めたものの、黙ってボトルを元に戻した。

「他に仕掛けた、とはどういうことか、説明してください」

「教えると、思う?」

ネレイドの質問を、シャウラは鼻で笑う。たとえ自分がここで捕らえられようとも構わない。命すら惜しくないのだから。

シャウラが口を割らないと判断したのだろう、ネレイドは悔しそうに舌打ちをすると、シャウラに口枷《くちかせ》を取りつける。言葉を奪うというよりも、舌を噛んで自殺することを懸念してだろう。

先程メリアの手首にもつけたものと同じ黒いバングルをつけられてなお、シャウラはくすくすと笑う。

きっともう、間に合わない。彼らは魔力を失って死ぬだろう。

シャウラの毒は、強力だから。

口枷のせいで声は出せないけれど、シャウラは全身を震わせて笑っていた。

◇　◆　◇

治癒師長が出て行き、調合室の鍵が閉まる音にメリアは絶望してため息をつく。もっとも鍵が開いていたとして、この状態で動けるはずもないのだけど。

早くここから脱出しなければならない。リシャールとアンジェに、そしてアデルに伝えなければ。

だけどその前にこの毒をなんとかしないと、動くことすらままならない。

いつもの癖で魔力を抑える指輪をしていたことは、思わぬ幸運だった。治癒師長は、メリアのこの指輪のことを知らないはずだ。

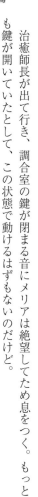

メリアは、冷えて動かなくなっていく身体を必死に動かして指輪を外そうと努力する。バングルで動きが制限されている上に、毒のせいで指先ひとつ動かすのにも気力を振り絞らなければならない。だけど、ここで諦めるわけにはいかない。

少しずつ指輪の位置を動かして、中指から抜き取るだけで随分と時間を必要とした。それでも指輪を外したことで、抑えていた魔力がじわじわと身体を巡っていくのが分かる。身体の中の毒が、それすらもどんどん吸収していくのが分かるから、時間の余裕はないけれど。

メリアは息を吸うと、思いっきり自分の身体に治癒魔法をかけた。

「……くっ……」

治癒魔法に反応して、バングルがメリアの手首に食い込む。あまりの激痛に治癒魔法を緩めそうになるけれど、メリアは唇を噛んで耐える。口の中に血の味が広がった。

毒がメリアの魔力を奪うのが先か、治癒魔法で癒すのが先か、ギリギリなところだなと思いながら、メリアは痛みに耐えつつ必死で身体の中の魔力をかき集める。

だけど、治癒魔法にしろ毒にしろ、魔力を消耗していることには変わりなくて、だんだんと目の前が暗くなってくる。なんとか毒を浄化できたようで、魔力の減少は止まったものの、身体がどんどん冷えていくのは止まらない。

もう限界かもしれないと思った時、調合室の扉が勢いよく開いた。

「メリア！」

真っ青な顔で部屋に飛び込んできたのはアデルで、メリアの身体を抱き起こすと唇を重ねた。

触れ合った唇からアデルの魔力が流れ込んできて、メリアは飢えを満たすように必死でその魔力に縋りつく。

「メリア、メリア……」

何度も確認するように名前を呼び、冷え切った身体を温めるように抱きしめて、アデルは何度もメリアに唇を重ねた。


しばらくして、メリアはゆっくりとアデルの腕をつかんだ。

「もう……大丈夫」

「本当に……？」

メリアよりもよっぽど顔色を悪くして、アデルが泣き出しそうな表情で囁く。その顔に浮かぶのは、恐怖と不安。

「ありがとう……、アデルの魔力を分けてもらったから、もう大丈夫よ」

ゆっくりと身体を起こし、指先を動かしてみる。まだ指先は冷えているものの、問題なく動くことを確認してメリアはうなずいた。

「ご無事で良かった……、メリア様」

アデルのうしろに、安堵の表情を浮かべたネレイドがいて、メリアは微妙に気まずい思いで微笑む。

魔力を分け与えてもらうために必要な行為だったとはいえ、アデルと何度も唇を重ねたところを見られていたと思うと、少し恥ずかしい。

顔を上げられないままネレイドにバングルを外してもらい、メリアはようやく自由になった手をさすった。

「……っ、そうだわ、リシャール様とアンジェは無事？　毒を使っていたのは治癒師長だったの。アンジェを犯人に仕立て上げるようなことも言っていたし、早く探しに行かなくちゃ」

ハッとしてメリアが顔を上げると、アデルも厳しい表情でうなずいた。

「メリアがここに閉じ込められてた時点で、そうじゃないかと思ったけど……。兄のところに向かおう。アンジェも一緒にいるはずだ」

「先に向かいます。殿下は、メリア様をお願いします」

そう言って、ネレイドが身を翻す。

アデルは、メリアを抱き上げると調合室を出た。

もう大丈夫だから歩ける、と訴えてみたものの、アデルは首を縦に振らず、結局しっかりと抱きかかえられている。

すれ違う人々が驚いたような顔で振り返るけれど、密着した身体から伝わるアデルの体温が嬉しくて、メリアはアデルの胸に身体を預けた。

「メリアが、おれの指輪をつけていてくれて、本当に良かったよ」

歩きながら、アデルがため息と共にそうつぶやく。

「その指輪はね、おれとメリアを繋いでいるんだ。内側の魔石が、メリアに何かがあったと教えてくれた」

「そうだったのね……」

アデルが何故あの場に来ることができたのか疑問に思っていたので、メリアは指輪を確認しながら納得してうなずく。彼の魔力を分けた魔石が埋め込まれているので、居場所も分かったらしい。会うたびに魔力を注がれていたのも、そういった理由からなのだろう。

「メリアを失うかと思ったら、自分が死ぬかもしれないと思った時よりも怖かったよ」

囁いた声は震えていて、メリアはアデルにしがみつく腕に力を込めた。

「私は、アデルの専属治癒師だもの。いなくなったりしないわ。ずっとそばにいるって言ったじゃない」

「うん、そうだよな」

アデルは少しだけ笑うと、メリアの額に口づけた。彼が触れた場所から、甘く温かな魔力が流れ込んでくるような気がして、メリアは微笑みを浮かべた。

リシャールの部屋に行くには、昨晩通った図書館裏の通路が近いということで、アデルはメリアを抱き上げたまま足早に図書館を目指す。

「ねぇ、そろそろ自分で歩けるわ」

毒のせいで減った魔力も随分回復してきたので、メリアはアデルを見上げる。冷えて動きにくくなっていた身体も、もう問題はない。

だけど、アデルは頑なな表情で首を振った。

「メリアの温もりを感じていないと、また失いそうで怖いんだ」

「どこにも行かないってば」

苦笑混じりにそう言った時、背後から聞き覚えのある声がした。

「団長……、ここにいらしたんですか」

「セージュ、どうした」

走ってきたのかセージュは汗だくで、呼吸を整えながらアデルを見上げる。

仕事の話だろうと察知して、メリアはそっとアデルの腕の中から降りた。

「……えっと、あのっ、至急の要件で、すぐに来ていただきたくて」

「今は、別件対応中だ。話はあとで聞く」

「ですが……っ」

セージュは、必死な様子でアデルの前に立ちはだかる。何故かセージュがチラチラとこちらを見ていることに気づいて、仕事の話をするのに邪魔なのだろうかと考えたメリアはアデルの腕を引いた。

「アデル。私、先に行ってるから、セージュの話を聞いてあげて。そちらも急ぎなのでしょう？」

そう言って首をかしげてみせると、セージュはぎこちなくうなずいた。

「でも……」

まだ渋い表情を見せるアデルを見上げ、メリアは笑いかける。

「私は大丈夫だから。こちらも急がなきゃならないし、ここで言い争う時間がもったいないわ」

「それは……そう、だけど」

仕方なしに、といった表情でうなずきかけたアデルは、突然目を見開くと、メリアを突き飛ばした。

「……っ!?」

よろめいた身体を何とか堪えてアデルを見上げたメリアは、息をのんだ。

セージュが、アデルの左腕に銀色にキラキラと光る長い針を刺していたのだ。

「……っ、アデル！」

メリアの悲鳴が、静かな回廊にこだました。

第七章　裏切り

アデルは、顔をしかめながら針を抜き取ると床に投げ捨てた。出血は少ないものの、傷よりも重大なことに気づいたメリアはアデルに駆け寄る。

立っていられないのか、壁に身体を預けてずるずるとしゃがみこんだアデルの顔は、すでに血の気を失っている。

「なん……で、セージュが、これを……」

すぐさまアデルに治癒魔法をかけながら、メリアはセージュを見上げる。銀色の針から感じ取れたのは、魔力を奪うあの毒。取り除こうと努力するものの、身体に巡っていくスピードの方が早い。アデルの身体からはみるみるうちに魔力が奪われていき、どんどん体温が下がっていく。治癒師長が言っていた、リコリの実から採った毒なのだろうか。メリアが受けたものとも、よく似ている。

がたがたと震えてその場に立ちつくすセージュは、毒におかされているわけでもないのにアデルと同じくらいに顔色が悪く、だらだらと汗をかいている。

「ごめんなさ……、俺……っ」

「あぁ、そういえばおまえは、治癒師長の甥《おい》だったか、セージュ」

きっと言葉を紡ぐことすら辛いはずなのに、アデルは笑みを浮かべてみせる。セージュは、びくりと身体を震わせた。

「メリア⁉　さっきの声、何があったの？」

高い声が響いたと思ったら、アンジェがリシャールと共に駆け寄ってきた。うしろからネレイドもやってきていて、その表情を見てどうやら治癒師長の企みは未遂に終わったことを知り、メリアはほんの少しだけ肩の力を抜いた。

アンジェはアデルの状態を見て危険な状況だと分かったのだろう、メリアのそばに膝をついて、同じようにアデルに治癒魔法をかけていく。

「一体何を……」

ネレイドは、アデルとメリア、そしてセージュに視線をやって一瞬で状況を理解したらしい。厳しい表情でセージュの腕をつかんだところで、アデルが首を振って止めた。

「セージュ。こんな毒を使われるほどに……おれは憎まれていたのかな」

アデルの言葉に、セージュは激しく首を振った。

「そんなこと……っ、でも妹、が……」

「妹？」

「叔母に……毒を打たれたんです……！　解毒剤が欲しかったら、これを……、殿下に使え、と」

青白い顔でぶるぶると震えながら、足元に落ちた針を見つめてセージュは喘ぐようにそう言う。

「リシャール様を王にするために、聖女アンジェから殿下の足を引っ張る必要があると言われたから……って、でも、」

言いながらセージュの表情は混乱していく。無理もない、アンジェは今ここにいて、アデルの治療をしているのだから。

「なるほど、ここでもアンジェを黒幕に仕立て上げようとしていたわけか」

リシャールは小さくつぶやいた。その声は怒りを隠せないように、微かに震えている。

「治癒師長はすでに捕らえているし、彼女は解毒剤など持っていない。最初からきみの妹を助ける気は、なかったに違いないな」

苦々しげにリシャールがつぶやくと、セージュは呆然とした様子で膝をつく。

「そん……な。俺はどうなっても構いません、妹だけは……っ！」

悲痛な声で叫ぶセージュを見て、リシャールは胸元から何かを取り出した。それは、メリアが作った解毒剤の小瓶だった。

「メリア、これをアデラードに飲ませてやりなさい。……半分は、彼の妹に」

メリアが小瓶を受け取ろうとすると、アデルの手がそれを止めた。

「おれは……平気です。解毒剤は、セージュの妹に」

「アデル」

思わず咎めるような声をあげてしまったメリアを見て、アデルは唇を歪めて笑ってみせる。

「おれには、凄腕の専属治癒師がいるから……。そうだろう、メリア」

こちらを見つめる銀の瞳は揺るぎなく、心からメリアのことを信じていると語っている。

メリアはアデルの専属治癒師だから。彼の信頼に応えてみせなければ。

メリアは一度強く唇を噛みしめると、大きくうなずいた。

「絶対に、大丈夫よ」


アデルは、セージュの腕をつかむネレイドを見て、手を離すように伝えた。躊躇うネレイドに、アデルは笑みを浮かべた。

「おれの毒は、メリアが治す。だから、おれが毒を受けた事実はない。セージュは、妹を助けたくて治癒師を探していたところに、おれたちと出会っただけだ」

その言葉に、セージュが目を見開く。アデルは、笑みを浮かべてうなずいた。

「早く、行け。妹を助けたいんだろう」

強い口調で言われ、セージュは震えながらうなずく。

治癒魔法をかける手を緩めないまま、メリアはリシャールを見上げた。

「解毒剤は、セージュの妹に使ってください」

その言葉を受けて、アンジェが立ち上がるとリシャールの手から小瓶を取った。

「わたしが一緒に行きます。妹さんはどこに？」

「アンジェ」

眉を寄せたリシャールを見て、アンジェは毅然《きぜん》とした表情で首を振った。

「妹さんに、罪はありません。救える命を見過ごすことなんて、治癒師のわたしにはできないんです。どんな毒であろうとも、わたしが治してみせます」

強い眼差しで見上げるアンジェに、リシャールは小さく息を吐くと、仕方なさそうな笑みを浮かべてうなずいた。

「ネレイドと一緒に行くなら、許そう」

うなずいたアンジェは、崩れ落ちたままのセージュに声をかけると彼の妹の居場所をたずねる。

念のためにと譲らなかったネレイドに黒いバングルを嵌められたセージュは、ぼろぼろと涙をこぼしながら妹の居場所を説明した。

どうやら治癒師長が城の近くに借りていた部屋の一室に監禁されているらしく、ネレイドが地図を確認して最短距離で移動できるルートを調べ始める。

「申し訳、ありません……、俺……」

涙でぐちゃぐちゃになった顔で、セージュがアデルに頭を下げる。アデルは、笑みを浮かべてセージュの手を握った。

　その手の冷たさに、セージュはハッとしたように目を見開くが、アデルは笑顔を崩さない。

「必ず……、妹は助かる。おれの専属治癒師が作った解毒剤は、よく効くからな。聖女も一緒なら、怖いものなしだ」

　早く行け、と言われて、セージュはもう一度深く頭を下げるとアンジェとネレイドと共に去っていった。

「応援の治癒師を呼ぼう」

　メリアが先程、治癒師長に襲われたことはリシャールも知っているのだろう。万全の状態ではないメリアを見てリシャールは、すぐ戻ると言い置いて、応援を呼ぶために走り去った。


　ふたりきりになった瞬間、アデルの顔から表情が抜け落ちた。かなり無理をして表情を取り繕っていたことが分かり、メリアはアデルの手を握りしめる。

　氷のように冷え切った指先は彼の魔力が減少していることをあらわしていて、意味がないと知りつつも、メリアは自分の体温を分け与えるかのように指を絡めた。

「アデル、しっかりして」

　声をかけながら、メリアは必死に治癒魔法をアデルの身体にかける。さっき少しアンジェも手伝ってくれたおかげか、毒の広がるスピードは緩くなったものの、それでもじわじわと魔力は奪われていく。

メリアも先程魔力が枯渇寸前まで減ったので、本調子ではないことも関係しているのだろう。

だとしても、諦めることなどできない。

「メリア……、無理は、するな」

懸命に治癒魔法をかけ続けるメリアを見て、アデルが掠れた声でそう言う。もう声を出すことすらできなくなってきたのか、とメリアは愕然《がくぜん》としながら、激しく首を振る。

「無理なんか、してない……っ」

油断すると、涙がこぼれそうになる。

治療をしながら泣くなんて、治癒師失格だ。

メリアは一度上を向いて涙を堪えると、また全力で治癒魔法をかけた。

浄化しようとどれほど手を伸ばしても、毒はするりと逃げていく。そして、じわじわと侵食するようにアデルの身体から魔力を奪い取っていくのだ。

早く、もっと早く治癒魔法を広げて、アデルの身体を守らなければ。

そう思うのに、どうしても毒の広がる速さに追いつけない。

気ばかり急いて、メリアの呼吸が荒くなる。

「メリア、きみの方が……、倒れてしまう」

ほとんど吐息のような声で、アデルが訴える。

メリアはもう、こぼれ落ちる涙を拭うこともせずに首を振った。

あと少しで、届きそうなのだ。

自身の魔力も残量がかなり少なくなっているのは自覚している。だけど、メリアは身体の中の魔力をかき集めて治癒魔法をかけ続ける。


「メリア」

一瞬目の前が暗くなり、身体が揺れたことに気づいたのだろうか。アデルが振り絞るような声でメリアの名を呼ぶ。

メリアはぐいと腕で涙を拭うと、安心させるように笑顔を浮かべてみせた。

「平気。私は……、アデルの治癒師……だから……っ」

「うん……、そうだな」

アデルが、微かに嬉しそうな表情を浮かべた。

だけど、その表情が一瞬で消え失せた。

「いや……、アデル、待ってお願い……、大丈夫だから……っ」

メリアは、思わずアデルの手を握りしめる。先程まで微かに握り返してくれていた指先は、冷え切ってもう動かない。

いつだって甘く優しく見つめてくれた銀の瞳は、閉じられた目蓋の奥に隠されて、もうメリアを映していない。

幾度となくメリアに想いを告げてくれた唇から、震えるような吐息がひとつ、こぼれ落ちて消えた。

力を失ったアデルの手は、酷く重く感じられる。

魔力を失って冷え切ったため、顔は血の気を失って青褪《ざ》めている。固まってぴくりとも動かない身体は、まるで氷でできた彫像のようだ。

メリアの脳裏に、過去に見てきた魔力を失って亡くなった人の姿がよぎる。その姿が今のアデルと重なって、メリアは激しく首を振った。

「嫌……、だめ、アデル。……戻ってきて」

メリアは、必死でアデルに唇を重ねた。冷たい唇に自分の体温を分け与えるように押しつけながら、魔力を注ぐ。

いつもは優しく応えてくれるはずなのに、アデルはピクリとも動かない。口の中まで氷のように冷え切っていて、メリアは懸命に自分の魔力を注ぎ込む。

どれほど唇を重ねてもアデルが応えてくれることはなく、いつもは抱き寄せてくれるはずの腕も、力なく投げ出されたままだ。

「アデル、ねぇ、目を開けて。お願い。毒は浄化できたのよ。私の魔力をあげるから、戻ってきて」

メリアは何度も唇を重ね、冷たく動かない手を握りしめて名前を呼ぶ。

どれほどそうしていたのだろうか。

名前を呼ばれて肩に手を置かれ、メリアはぼんやりと振り返った。

そこにいたのはリシャールで、痛ましげな顔をしながらゆっくりと首を振る。

「嫌……、だってまだ、私の魔力を分けて……」

「きみの魔力も、限界だろう」

静かな声で告げられて、メリアは自身の手が冷たくなっていることに気づく。だけど、メリアは首を振った。

「平気です」

「きみまで失うわけにはいかないんだよ、メリア。……アデラードに魔力を与えるのは、他の治癒師に任せよう。それならいいだろう?」

そう言ってリシャールは、うしろに控えていた治癒師に目くばせをする。メリアも顔馴染みの治癒師が、動かないアデルの方に足をすすめた。

「や、……やめて!」

メリアは冷えて動きにくくなった身体で、必死にアデルを守るように抱きしめる。治癒師は戸惑ったように、足を止めた。

「アデルの治療は……、私の役目です。私は、アデルの……、アデラード殿下の、専属治癒師ですから」

「メリア、無茶をするのはやめなさい。きみも、魔力を失って死んでしまうよ」

リシャールがたしなめるように手を伸ばすけれど、メリアは頑なに首を振った。

「アデルを治すのは、私だって……、約束したんです。だから」

そう言ってメリアはまた、アデルに唇を重ねる。たとえ自分の魔力が尽きても、アデルが戻ってきてくれるなら、それでいい。

「メリア、やめるんだ」

リシャールの止める声が遠くで聞こえた気がしたけれど、メリアは構わず魔力を注ぎ込んだ。


身体の中にある魔力の器から、魔力がどんどん減っていく。

冷えた身体はいうことをきかないし、頭痛が酷い上に耳鳴りもする。視界もだんだん暗くなってきた。

リシャールが何かを叫んでいるのが遠くに聞こえた気がするけれど、何を言っているのかは分からない。

すぐそばにいるはずなのに、リシャールは随分遠くにいるように感じる。

メリアは、腕の中のアデルを見下ろした。

固く閉じられた目蓋の奥にある銀の瞳で、いつものようにメリアを見つめて欲しい。

いつだって、ちょっとだけ悪戯っぽい笑顔で、優しくメリアを抱きしめてくれるのに。

どんな時も自信に溢れていて、だけど内側には弱いものを抱えているアデル。

彼が見せるどの表情も、メリアを魅了してやまない。


——だから、早く戻ってきて。


メリアは、祈るようにアデルにもう一度唇を重ねた。

身体の中の魔力の器が悲鳴をあげているけれど、構わない。


——私の魔力を、全部あげるから。

身体の中で、魔力の最後の一雫《しずく》が、アデルに向かって流れ込んでいくような気がした。


急速に冷えていく身体に、目の前が真っ暗になる。

しっかりと抱きしめていたはずのアデルの身体が、メリアの腕の中から離れていく。

彼を抱きしめておく力すら失ったのだなと、自分の身体が倒れていくのを感じながら、メリアはぼんやりと思う。

何も見えないし、身体が動かない。冷たく暗い闇の中に、どんどん沈み込んでいくようだ。
その瞬間、アデルの目蓋が微かに震えた。
ゆっくりと姿をあらわした銀の瞳が、みるみるうちに光を取り戻す。
「……っメリア！」
掠れた声だったけれど、確かにアデルの声がして、メリアはその声の主を探す。
目の前が暗くて、何も見えない。
今、名前を呼んでくれたアデルは、どこにいるのだろう。
床に倒れるだろうと思っていた身体は、がっしりとした腕に抱き止められる。
その腕の持ち主は、よく知っている。
忘れるはずがない。
「……ア、デル」
囁いた声は、音になっていたかどうか。
また、すぐそばで名前を呼ぶ声がして、唇に柔らかいものが触れる。
まだ冷たい、それでもメリアのものよりも温かなそれは、アデルのもの。
「メリア……！」
流れ込んできた甘い魔力も確かにアデルのもので、メリアは暗闇に差し込んだ細い光のようなその魔力に、縋りついた。

じわじわと、少しずつ器に魔力が溜まっていくのを感じて、それと同時にゆっくりと視界も晴れてくる。

泣き出しそうな顔でメリアを抱きかかえているアデルと、不安気な表情でこちらをのぞきこんでいるリシャールの顔が見えて、あぁふたりはよく似ている、やはり兄弟なのだな、と場違いなことをぼんやりと思う。

「メリア……、良かった。本当に、無茶をするね」

リシャールが安堵したように笑いながら、回復薬の瓶を手渡してくれる。

回復薬を飲んでも微々たる効果しかないが、それでも少しずつ魔力が回復してきて、ようやく落ち着いた気がする。

アデルもまだ顔色が悪いものの、回復薬を飲んで少し頬に赤みがさしたようだ。

「本当に……似たもの同士というか何というか……」

呆れたような笑みを浮かべながら、リシャールが治癒師に指示してメリアとアデルをそれぞれ担架に乗せる。

無茶をした自覚はあるし、治療行為とはいえ今日はアデルと唇を重ねるところを人に見られてばかりだな、とメリアは急に込み上げてきた羞恥心に耐えかねて、手で顔を覆った。

治療室で回復薬を飲みながら少し休むと、冷えてこわばっていた身体も大分動くようになってきた。

◇

隣の寝台では、アデルが同じように回復薬を飲みながら身体を休めている。

「セージュの妹さんは……大丈夫だったかしら」

メリアがつぶやくと、アデルはうなずいた。

「さっき、無事に保護したと兄から聞いたよ。メリアの解毒剤がよく効いたって」

「良かった……」

「うん」

うなずくと、アデルは飲んでいた回復薬のカップをテーブルに置いてメリアの隣に腰かけた。ふたり分の重みで、寝台がぎしりと鈍い音をたてる。

「メリア、ありがとう」

抱き寄せられ、耳元で囁かれたメリアは、アデルを見上げる。

「私は、アデルの専属治癒師だもの」

ちょっと胸を張ってみせると、アデルは困ったように笑いながらメリアの髪を撫でた。

「うん。だけど、無茶はして欲しくないんだ」

「それを言うなら、アデルだって同じだわ」

メリアは手を伸ばしてアデルの頬に触れる。ゆっくりとその肌に指を滑らせると、アデルがその手を握った。アデルの手はメリアのものよりも温かくて、まだ自分の身体が冷えていることを教えてくれる。

自分の魔力が枯渇する寸前まで魔力を与えたメリアも無茶をしたと思うけれど、そのメリアを救うために、アデルだって回復したばかりの魔力をメリアに分け与えてくれたのだから。

リシャールが呆れてしまうのも無理はない。

だけど、お互いがお互いを失いたくなかったのだから、仕方ない。


アデルは、メリアをそっと抱き上げた。

「どこかに……行くの？」

リシャールのところだろうか。捕らえられた治癒師長のことや、セージュのことも気になる。

自分で歩けるから、と訴えようとした言葉は、アデルの唇に塞がれて消えた。

「兄からの命令でね。枯渇した魔力を、早く回復させろって」

額をこつりとぶつけて、アデルが囁く。

「早く回復って言っても、回復薬にも限界はあるし……」

眉を寄せたメリアを見て、アデルは悪戯っぽく笑う。

「甘い魔力の運命の相手とはね、魔力を交換するだけでお互いの回復が速くなるんだ。あまりに枯渇したから、キスだけじゃ足りないと思うけどね」

「……っ」

その言葉が意味するのはそういうことで、メリアの頬に血がのぼる。

アデルはくすりと笑うと、メリアの頬に口づけた。

「明日の朝までにしっかり回復させるようにと言われてるから、頑張らなきゃな」

「えっ……」

「王太子公認だし」

楽しそうに笑いながら、アデルはメリアを抱き抱えたまま治療室を出た。


抱きかかえられたままメリアが連れて行かれた先は、アデルの部屋だった。

広いけれど殺風景なその部屋は、普段はほとんど使っていないという。

自分の部屋なのに落ち着かない気分だと、アデルが苦笑しながらつぶやいた。

「魔導騎士団の方で寝泊まりする方が、何かと便利だからね。使いもしないベッドを置いておくなんて意味ないと思っていたけど、今日のためだったかな」

メリアをベッドの上に降ろしながら、アデルが笑う。

柔らかく弾んだベッドに受け止められたメリアの身体を囲うように、アデルは手をついた。そして、首元のリボンに手をかけるとゆっくりと解いていく。

「ね、アデル、ちょっと待って。こんな時間から……っ?」

アデルの指先が胸元のボタンを外し始めたことに気づいたメリアは、アデルの胸を押した。

まだ夕方にもならないうちから、身体を重ねようとしていることが恥ずかしくてたまらない。

窓から差し込む光は明るくて、なんだかとてもいけないことをしているような気がしてくる。

「ん、明るいのが恥ずかしい?」

くすりと笑ったアデルは、身体を起こすとベッドの天蓋に手を伸ばした。ふわりと落ちてきたカーテンがベッドを覆い、ほのかに薄暗くなる。それでも、間近にあるアデルの表情はしっかりと確認できるのだけど。

「これでいい?」

「や、あの、そう……じゃなくって」

アデルに抱かれることは決して嫌ではないのだけど、羞恥心が邪魔をする。リシャールの命令ということは、アデルとこういうことをするのを、彼も知っているということだから余計に。

困ったように首を振るメリアを見て、アデルは優しい笑みを浮かべて頬を撫でる。

「いいよ。じゃあ、メリアがしたくなるまでは、キスだけで」

そう言って優しく唇を啄《ついば》まれて、メリアは思わずうっとりと目を閉じた。


微かに開いた口の中に、アデルの舌がそっと滑り込んでくる。少し強引に、それでも優しく舌を絡められて、メリアはアデルの腕に縋りついた。

だけど甘く責めたてられるたび、ついさっきどんなに唇を重ねても応えてくれなかった冷たい唇を思い出して、メリアの瞳に涙が浮かぶ。

それに気づいたアデルが、戸惑ったようにメリアの顔をのぞきこんだ。

「メリア？」

「ごめんなさい……、ちょっと、思い出しちゃっただけ。アデルが、その……動かなくなった、時のこと」

その言葉に、アデルはメリアを強く抱きしめた。

「ごめん……。メリアに辛い思いをさせたな」

「私も、自分が死ぬよりも、あなたを失うことの方が恐ろしかったわ」

メリアも、ぎゅうっと抱きつく腕に力を込めて、アデルの耳元に唇を寄せる。

「だから、もっとして。アデルがここにいるって、感じさせて」

「メリア、それはキスだけで済まなくなるんだけど」

ちょっと困ったようなその声に、メリアは小さく笑ってアデルの耳に口づけた。

「だって……、明日の朝まで、なんでしょう？　ゆっくりアデルを感じたいから、今はキスだけ」

「おれの運命のひとは、我儘だな」

くすくすと笑って、それでもアデルは優しいキスを落としてくれる。

何度も優しく啄まれて、メリアはうっとりと目を細めながらアデルの髪に触れた。燃えるような赤い髪は少し硬くて、自分のものとは違う手触りに、いつまでも指先を絡めていたくなる。

撫でられるのが気持ちいいのか、アデルも同じように目を細めて笑う。柔らかな色を宿した銀の瞳がいつもと違って見えて、メリアは首をかしげるとアデルの瞳をのぞきこんだ。

「メリア？」

「瞳の色が……少し変わった？」

メリアの問いに、アデルはあぁと言って小さくうなずいた。

「うん。一度完全に枯渇したあとにメリアの魔力をもらっただろう。だから、きみの魔力の色に染まったみたいだ」

今のアデルの瞳は、揺らめく銀に淡い水色が混じっている。以前はなかったその色は、確かにメリアの瞳の色によく似ている。

アデルは何でもないことのように言うけれど、これはかなり大事ではないだろうか。彼の瞳の色は、この国の王族の証なのに。

戸惑いを浮かべたメリアの表情に気づいたのか、アデルは笑ってメリアの頬に触れる。

「そんな顔しないで。おれは、むしろ嬉しいよ。メリアの色をもらったんだ。それに、これでおれを推す奴らも黙らざるを得ない」

「それは、そう……かもしれない、けど」

まだ納得のいかない表情を浮かべるメリアの頭をくしゃりと撫でて、アデルは笑う。

「近いうちに、父にも会おう。きみを、おれの大切なひとだと紹介させて。そして、王位を継ぐ気はないとはっきり宣言するよ。この瞳も、それを後押しする理由になる」

晴れやかな表情でそう言ったあと、アデルは悪戯っぽい笑みを浮かべてメリアの顔をのぞきこむ。

「もしかして、メリアはおれが王になることを望んでた？」

冗談と分かっていても、メリアは大真面目な表情で首を振る。

「まさか。あなたが王子だってことだけでも怯んでしまうのに」

「メリアはおれの運命のひとなんだから、どんなに怯んでも逃がさないよ」

アデルはメリアの手を握ると、また優しく口づけた。

「おれだけの甘い魔力も」

「……ぁ、んんっ」

舌を絡められ、思わず漏れた声にアデルが笑う。

「おれだけが聴けるその甘い声も」

「ひゃ……ぁんっ」

服の上から、指先で腰のラインを辿るように撫で上げられて、メリアの唇は甘い声を紡ぐ。

「全部おれのものだ。もう二度と、手放さない。もう絶対に……離れないで」

懇願するように囁かれ、メリアはうなずいてアデルの胸元に頬を擦り寄せた。

◇

「この指輪はね、本来はこの指につけるものなんだ」

メリアの右手から指輪を抜き取り、アデルは左手の薬指に滑らせる。

「おれの運命の相手だという証だからね。最初に会った時も、この指につけておいただろう」

「おかげで、色々考えちゃったわ」

初めて会った時のことを思い出して、メリアは苦笑する。熱い夜を過ごしたはずなのに、目覚めてみればアデルの姿はなく、残されていたのは左手の指輪。

治癒魔法の対価として夜を過ごしたわけなので、特別な意味を持つこの指に指輪が残されていた意味を、随分と考えこんだものだ。

「でも、サイズが大きいと思うんだけど……」

メリアは、指輪を確認して首をかしげる。メリアの細い指には大きすぎて、いつも身につけている魔力を抑える指輪を重ねてつけていないと、指から抜け落ちてしまうのだ。

アデルは、うなずいてメリアの手を取った。

「これは、運命の相手の指に魔力でサイズを合わせるものだから」

指に口づけられ、じっと見つめられてメリアはどんな表情をすればいいのか分からない。ただ、頬がじわじわと熱を持つのを感じた。

「メリア、おれの運命のひと」

囁くように言って、アデルは甘い微笑みを浮かべる。

「おれと——結婚してくれる？」

メリアは、こくりと息をのんだ。

笑ってうなずきたいのに、涙が滲んでくる。

「喜んで」

結局、泣き笑いの表情で、メリアはうなずいた。

アデルは、幸せそうに笑うとメリアを抱き寄せた。

「この指輪は、こうしてサイズを合わせるんだ」

そう言って、指輪ごとメリアの指に口づける。祈るように目を閉じたアデルが指輪の内側の魔石に魔力を注ぎ込み、ふわりと温かいものに指が包まれたと思ったら、指輪はメリアの指にぴったりのサイズになっていた。

「わ、こんな風にサイズが変わるの？」

驚いて、何度も手を返しながら指輪を確認するメリアを見て、アデルは笑みを浮かべる。

「おれの魔力でサイズを変えたから、もうこの指輪はメリアの指にしか合わない。――もう二度と、外すことはできないよ」

強く抱き寄せられ、耳元で囁かれた言葉は重たいほどの執着を含んでいる。だけど、それほどまでにアデルが執着する相手は自分だけなのだと思うと、メリアは嬉しくてたまらない。

「決して、外したりしないわ」

メリアは、笑ってうなずいた。

◇

カーテンで囲われた薄暗いベッドの上に、微かな吐息が響く。時折漏れるのは、メリアの甘い声。

「……ぁ、ん……っ」

頬を赤らめ、とろりとした表情を浮かべるメリアを、アデルは笑って抱き寄せる。

「メリア、もっと?」

囁いたアデルに、メリアは泣き出しそうな顔で首を振る。

「なんか……もう、変……っ」

「あぁ、キスだけじゃ足りなくなってきた?」

楽しそうに笑って、アデルはメリアの顔をのぞきこむ。

甘いキスを何度も交わしたのは事実だけど、いつもより身体が疼いてたまらない。

今すぐアデルが欲しいと言いたくなるのを懸命に堪えていたけれど、そんなメリアの気持ちはアデルにとっくにバレているのだろう。

アデルはくすくすと笑いながらメリアの頭を撫でると、まとめていた髪をそっと解いた。少し癖のある黒髪が、ふわりと広がって肩を流れる。

柔らかな感触を楽しむように指先に髪を巻きつけて、アデルはメリアの顔をのぞきこむ。

「魔力が枯渇していたからね、いつもより魔力に飢えてるんだよ。きっとキスだけじゃもう、足りない」

そう言って口づけられ、舌と共に流れ込んでくる魔力にメリアはくらくらとまるで酒に酔ったような気持ちになる。

「ん……、もっと……」

思わずねだってしまったメリアに、アデルは甘い笑みを浮かべながら応えてくれる。

「メリアがおれを欲しがってくれるのって、いいな」

あんまり幸せそうにアデルが笑うから、メリアも思わず笑って抱きついてしまった。


アデルの指先が、ゆっくりとメリアの制服のボタンを外していく。優しいその手つきさえもどかしく感じてしまうほどに、メリアの身体はすでに高まっている。

あっという間に一糸纏わぬ姿となったメリアは、思わずシーツを手繰り寄せて身体を隠す。

「メリアは、恥ずかしがりやだな」

笑いながら、アデルがシーツごとメリアを抱き寄せる。

「だって」

シーツに顔を埋めようとするメリアの顎を掬い上げて、アデルは口づけを落とした。

「そんなところも可愛いけど、今日はもっと乱れたメリアが見たいかな」

「何、それ……っ」

悪戯っぽい笑みを浮かべたアデルは、メリアを抱き寄せる腕に力を込めた。

「もっと、おれを欲しがって。おれを求めて。今からは、もうおれのことしか考えないで」

切ない声で囁かれて、メリアの身体の奥に熱が灯る。

メリアはうなずいて、ゆっくりとアデルのシャツに手を伸ばした。

「アデルも、脱いで。直接肌で、触れ合いたいの」

言いながらボタンを外そうとすると、アデルの熱っぽい視線がそれを促す。

あまりに熱く見つめられるので、緊張に少し指先を震わせながら、メリアはひとつ、またひとつとボタンを外していく。

結局、全部のボタンを外さないうちに、焦れたような表情でアデルがメリアの手を握った。そのまま深く口づけられて、メリアはあっという間に流れ込んでくる甘い魔力に溺れてしまう。

「……ん、ぁ、アデル……」

「もっと名前を呼んで、メリア」

口づけの合間にどんどん服を脱ぎながら、アデルが笑う。あっという間に、脱ぎ捨てられた服はベッドの外へと落とされた。

「おいで、メリア」

抱き寄せられて、直接触れ合う肌の温もりにメリアは思わず満足気なため息を漏らした。

温かくて、心から安心できて、ただ抱きしめられているだけでうっとりするほど気持ちがいい。

「アデルとこうして、くっつくのが好き」

「おれもメリアとこうするのは好きだけど、今はもっと深く繋がりたい」

耳元で囁かれて、メリアもうなずく。ただ抱き合うだけでは足りない。もっと身体の深い場所で繋がって、アデルを感じたい。

「アデル、きて」

メリアの囁きに、アデルが一瞬驚いたように目を見開く。それでも、次の瞬間には幸せそうに笑ってうなずいた。


アデルの指先が、探るようにメリアの身体の中心に触れる。同時に聞こえた濡れた音に、アデルはくすりと嬉しそうに笑った。

「もう、すごい濡れてるね、メリア」

「……っ、だってもう、欲しいの」

羞恥心はあるけれど、それよりもアデルが欲しいという気持ちの方が強い。少し触れられただけで、もっと、と身体の奥が叫ぶように疼く。

「お願い、アデル。もう……っ」

欲しくてたまらなくて、メリアは涙目になりながらアデルを見上げる。そっと手を伸ばして触れたアデルのものが、十分に熱を持っていることも分かっている。

「……っ、メリア」

指先で触れられて、アデルが小さく息を詰める。メリアは、その反応に気を良くして更に指を絡めた。

「早く欲しいの。ね、アデル……お願い」

「メリアのおねだりが可愛すぎて、ヤバいな」

ため息をつきながら笑って、アデルはそっとメリアの中心に熱い昂りを押し当てる。

貫かれる期待感に、メリアは小さく息をのんだ。

「……あ、んんっ、……はぁっ」

ゆっくりと確かめるように挿入されて、メリアはその気持ちよさを首を振ることで耐える。

最奥までぴったりと満たされて、メリアは逃さないとばかりにアデルの背に手を回した。

「メリア、気持ちいい？」

吐息混じりの声で問われて、メリアは唇を引き結んでこくこくとうなずく。声を出すと際限なく喘いでしまいそうで、口を開けられない。

だけどそんなメリアの様子に気づいたのだろう、アデルは少し意地悪な表情を浮かべると、勢いよくメリアの身体を突き上げた。

「や……っ、あぁんっ」

アデルの動きに合わせて、メリアの唇からは甘い悲鳴が飛び出す。声を抑えようと唇を噛めばキスをされ、口を塞ごうとした手は絡め取られてシーツに押しつけられてしまう。

結局、メリアはアデルに揺さぶられて、ひたすらに甘い声をあげるしかなかった。

◇

散々揺さぶられ、声を上げさせられたメリアは、ぐったりとシーツに沈む。

身体は怠いけれど、それでもアデルの熱を身体の深い場所で受け止めることは、この上なく幸せだ。

背後からメリアを抱き寄せたアデルは、くすりと笑って耳元に唇を寄せる。

「メリア、疲れた?」

「ん、ちょっとだけ疲れた……かな」

「でもおれは、まだ足りない。もっとメリアを愛したい」

そう言いながら、抱きしめた両手がメリアの胸に伸びてくる。確かめるようにやわやわと揉《も》まれて、治まりかけていた熱がまた身体の中に広がっていく。

「あんっ……ちょっと、休憩……」

「うん。休憩はするけど、メリアに触れていたいから」

「それじゃ私が休めない……っ」

メリアの抗議に、アデルはくすくすと笑って確かに、とうなずいた。

「じゃあ、休憩を兼ねて夕食にしようか」

身体を起こしたアデルが、ベッドのカーテンを開ける。窓の外はいつの間にか暗くなっていて、随分と長い時間をベッドの上で過ごしていたことに気づく。

夕食という言葉に、メリアは急に空腹を感じた。

よく考えたら、色々とあって昼食を食べていない。

返事をするように鳴ったメリアのお腹に笑って、アデルは夕食を取ってくると言って、着替えて部屋を出て行った。

メリアも服を着ようと脱いだはずの制服を探すものの、ベッドの上に見当たらない。ベッドの足元に落ちている可能性もあるけれど、何も身につけていない状態でカーテンの外に出る勇気がなくて（だって、誰か部屋に入ってきたら困る）、結局シーツにくるまって大人しくしているしかない。

夕食を持って戻ってきたアデルは、そんなメリアの状況を見て楽しそうに笑うと、シーツにくるんだままメリアを抱き上げた。そのままベッドの外に連れて行かれて、メリアは思わずじたばたと暴れてしまう。

「降ろしてっ……！　っていうか、私は服を探したいの」

「今夜は着る必要ないだろ。とりあえず、食事にしようか」

アデルはご機嫌な様子で、暴れるメリアをものともせず膝の上にのせてソファに座る。しっかりと抱きしめられているので逃げることもできず、メリアは諦めて身体の力を抜いた。

自分だけ服を着ていない状況は恥ずかしいけれど、剝き出しの肩を撫でるアデルの手が優しくて、その温もりに幸せな気持ちになってしまう。

アデルはメリアに一度口づけたあと、スプーンを手に取った。漂ってくるいい匂いに、またメリアのお腹が鳴る。

くすくすと笑いながらアデルが、メリアの口元にスープを掬って差し出した。

「……自分で食べられるわ」

思わずぱくりとスプーンを咥《くわ》えてしまったけれど、まるで幼い子供にするように食べさせられることが照れくさい。

そう思って訴えてみたら、アデルに大真面目な顔で首を振られてしまった。

「だめ。今日は、とことんメリアを甘やかしたいから」

お茶も飲む？　と聞かれてうなずいたら、口移しで与えられてメリアはアデルの胸元に縋りつく。

砂糖が入っていないはずの紅茶は、アデルの魔力と混じり合ってとても甘い。

「美味しい？」

「美味しい、けど、自分で……」

「だめ」

メリアの訴えをあっさりと退けて、アデルはまたメリアの口元にスプーンを運ぶ。

「夜は、まだまだ長いから、しっかり食べて体力回復しないと」

耳元で囁かれて、メリアは真っ赤になりつつうなずいた。

結局、メリアは指先ひとつ動かさないままに食事を終えた。メリアに食べさせる合間に自分の食事も終えたアデルは、ご機嫌な様子でメリアの髪を撫でている。

「このあと、どうしようか」

メリアの毛先を指に巻きつけて遊びながら、アデルがつぶやく。

「まだ全部回復しきってないから、もっとメリアと魔力を交換しなくちゃ」

ね、とにっこり笑いかけられて、メリアも頬を染めつつうなずいた。

アデルの言う通り、お互いの魔力を交換しあうことで魔力の回復速度は上がった気はする。

でもまだ全回復には少し遠くて、それにアデルの魔力を受け入れることはとても心地よくて、いつまででもそうしていたい気持ちになる。

「とりあえずお腹は満たされたから、次はやっぱり魔力を満たそうか」

にっこりと笑って顔をのぞきこんだアデルが、メリアに深く口づける。それだけで、メリアの身体にもあっという間に熱が灯った。流れ込んでくる甘い魔力がもっともっと欲しくなって、思わずねだるように自らの舌を絡めてしまう。

メリアの表情がとろりとしたものに変わったことに気づいたのか、アデルが嬉しそうに笑いながら抱き寄せた。

「メリアのその顔、たまらない。もっと泣かせたくなっちゃうなぁ」

メリアの額に、頬に、首筋に。少しずつ移動して口づけを落としながら、アデルはメリアの身体を包んでいたシーツを剝ぎ取る。

ふるりと揺れて姿をあらわした胸の膨らみのその先、赤く色づいた先端に吸いつかれて、メリアの口から甘い声が上がった。

「や、……あぁっ、アデル……っ」

「うん？　もっと名前を呼んで、メリア」

「ん……アデル、好き……」

胸の膨らみに口づけを落とすアデルの頭を抱きしめるようにして、メリアは囁く。まるで返事のように強く吸われ、白い肌にまた新しい印が刻まれた。

◇

「さっきは性急に繋がってしまったけど、今度はたくさんメリアに気持ちよくなってもらうね」

うしろからメリアを抱きしめながら、アデルの指がメリアの肌の上を滑っていく。

「メリア、どこに触れて欲しい？」

耳元に口づけながら、アデルがたずねる。

「や、耳は……だめ」

「うん。知ってるよ」

くすくすと笑いながら、アデルはメリアの耳奥にそっと舌を差し入れる。まるで身体の中で響いているような水音に、メリアは身体をよじって悲鳴をあげた。

「ほら、どこを触って欲しいか教えて？」

「やぁ……っ、んん、無理っ」

アデルの腕に拘束されて、メリアは逃れられない。背筋がぞくりとするほどの快楽に身体を震わせるメリアを、アデルは愛おしそうに抱きしめた。

「メリアが気持ちよくなる場所はよく知ってるけど、メリアの口から聞きたいな。おれ、好きな子には尽くすタイプだから、何でもしてあげるよ」

吐息混じりに耳元で囁かれた言葉は、初めての夜にもアデルが言っていたこと。あの夜のことを思い出したことに気づいたのか、アデルがくすりと笑う。

「あの日から、おれはずっとメリアが好きだよ。可愛くて、頑張りやで、おれを救ってくれたひと。メリアに出会わなかったら、きっとあのまま死んでいた。そうしたら、母の呪いに取り込まれて、兄を襲ったかもしれない」

「そんなこと……」

メリアは小さく首を振った。アデルがどれほどリシャールのことを敬愛しているかは、メリアはよく知っている。アデルなら、呪いに負けることはきっとなかっただろう。

絶え間なく落とされる耳への口づけに翻弄されつつも、たどたどしくそう訴えたメリアの言葉に、アデルの腕に力がこもる。

「うん。おれを救ってくれてありがとう、メリア。どれほど伝えても足りないけれど、愛してる」

「私も、愛してるわ、アデル」

抱きしめられた腕に手を添えて、メリアは微笑んだ。


結局、メリアの口から触れて欲しい場所を言わせることを諦めなかったアデルは、メリアの耳元に何度も口づけながら、どこに触れて欲しいのかをひとつひとつ確かめていった。

それはまるで、初めての夜の再現のようで。

あの時はただ快楽に翻弄されて流されるだけだったメリアは、今夜はアデルの指が与える快楽に溺れながらも、気がつけば素直に欲望を口にしていた。

「……ぁん、そこ……っ」

「ん、嫌？」

「や、じゃ、なくて……っ」

「じゃあ、どうして欲しい？」

手を止めて意地悪に囁くアデルの声に、メリアの身体は震える。あと少しで達せそうだったのに。

「もっと……触っ……て」

疼く身体に耐えかねて、消え入りそうな声で訴えると、アデルは蕩けそうな笑みを浮かべた。

「もちろん」

アデルの指が引き出す快楽に溺れ、何度頭が白くなっただろうか。

お互いの魔力が回復しても、温もりを分け合うことを止めたくなくて、ふたりは何度も身体を重ねた。

第八章　もう離れない

翌朝、メリアは寝不足と全身の疲労感を隠すために、回復薬を一気飲みしてからリシャールのもとへ行った。

リシャールの部屋に通され、ソファにアデルと並んで座る。アデルはしっかりとメリアの腰を抱いていて、片時も離れないとアピールしている。

そもそもここへ来る時も、まだ疲労感の残るメリアを抱き上げて行くと言って聞かないアデルを説得するのが大変だった。妥協案として手を繋いで行くことになったのだが、それだけでもメリアはまわりの視線が気になって仕方がなかった。アデルには、昨日散々抱き上げて移動していたのだから、今更だと言われたけれど。

「アデラード、確かに私は魔力の回復をするように、とは言ったけど。逆にメリアをそんなに疲れさせてどうするのかな」

にこにこと笑ったリシャールの目は笑っておらず、昨夜ふたりに何があったのかはやはりお見通しらしい。リシャールの視線はアデルに向けられているものの、メリアは真っ赤になってうつむいた。アデルのせいだけではない、昨夜はメリアも何度も彼を求めてしまったから。

「運命の相手と過ごす夜がどれほど甘く素晴らしいものか、兄上だってよくご存知でしょう。確かに少しやりすぎた感は否めませんが、この通り魔力はしっかりと回復しましたからご心配なく」

アデルはしれっとした様子でメリアの腰に回した手に力を込めると、更に密着を深めて笑う。

「……私のことは、いいんだ。まぁともかく、回復したようで良かった」

微妙に頬を赤くしたリシャールが、咳《せき》払いをして座り直す。隣に座ったアンジェはきょとんとした様子なので、メリアは内心でふたりの関係に興味津々になる。

やはり体調不良は毒によるものだったのだろう、今日のリシャールは顔色も良く、これまでよりも元気そうだ。

「さて、昨日はふたりとも大変だったね。無事にまたこうやって顔を合わせることができて、本当に良かったよ」

リシャールが、大きなため息をつく。

確かに昨日一日で散々な目に遭ったのは事実なので、メリアも唇を引き結んでうなずいた。

「治癒師長はね、かつてバレン国王だった男の妻だったようだ」

　リシャールが、静かな口調で語り始める。

「妻とは言っても、恐らくは正式に婚姻関係にあったわけではない。公には、バレン国王は生涯独身だったからね」

　少し悲しそうな表情でリシャールが語ったのは、治癒師長がかつて愛した男の話。

　貧しい島国だったバレン国の王だった彼は、無茶をしてこの国に攻め込んだ。勝てるはずのない戦いを挑んだ理由は何だったのか。何も語らず死んだ、彼の心のうちを知る人は誰もいない。

「バレン国王が亡くなった時、治癒師長は彼の子をお腹に宿していたらしい。だけど、愛する人の死を知ったショックで子は流れた」

　目を伏せたリシャールは、深いため息をついた。

「だから彼女は、王の子、という存在に固執したのだろうね。自分が手に入れられなかったものだから」

　治癒師長が毒を使っていたのはアデルとリシャールにだけで、国王には使われた気配がなかったという。

「攻め込まれたなら、自国を守るために応戦するのは当然のことだ。だけど彼女にとってこの国は、自分から全てを奪った相手だったのだろうね。身分を偽って、治癒の力を武器に、こんなにも深いところまで入り込まれることになるとは思わなかったよ」

リシャールは、眉間に深い皺を刻んで緩く首を振る。隣に座ったアンジェが、そっと彼の手を握った。

王族に毒を使って暗殺を企んだ治癒師長は、未遂とはいえ重罪を科せられることになる。だけど、彼女はすでに正気を保っていないのだという。

復讐を果たすためだけに生きてきた彼女は、それが果たせないことを知って心のどこかが壊れたのかもしれない。未だ、自身の計画が成功したと信じて、ひたすらに笑い続けている。

「きっとね、バレン国王は、彼女と生まれてくる子供のために豊かな国を……」

言いかけてリシャールは口をつぐみ、黙って首を振った。

彼女の信じたい内容を肯定してやりたいけれど、真相は誰にも分からない。

命を狙ったのは許されることではないけれど、彼女を最後まで憎みきれないのだとリシャールは疲れたような表情で笑った。治癒師として、彼女が多くの人々を救ってきたことは確かだから。

「……おれは彼女を許せない。兄上だけでなく、メリアを狙ったんだ。あのままメリアを失っていたかと思うと……」

ぶるりと身体を震わせて、アデルが強くメリアを抱き寄せた。

リシャールは、神妙な表情でうなずく。

「そうだね。私も、アンジェを黒幕に仕立て上げようとしたことは許し難く思っているからね。アデラードの気持ちは当然だと思うよ。だから、彼女の処罰に手心を加えるつもりはない」

きっぱりと言い切ると、リシャールはアデルを見た。

「治癒師長は、黒の塔に送られることが決まったよ」

その言葉にアデルは小さく息をのみ、そして静かにうなずいた。

重罪を犯した者が幽閉される黒の塔は、一度入れば二度と出てこられないと言われている。魔力を抑制するバングルをつけられ、ほとんど身動きのできない狭い部屋の中、死ぬまでそこで過ごすことになる。

目に映るもの全てが真っ黒な、自分の身体の輪郭すら分からなくなるほどの漆黒の闇に包まれて、正気を保てなくなった者の悲鳴が常に響くという。

そんな暗闇の中、彼女は笑い続けるのだろうか。

メリアはその光景を想像して、固く目を閉じた。


暗い雰囲気が部屋を満たし、全員が黙りこくる。

リシャールは小さく息を吐くと、アデルを見た。

「それから、セージュといったかな、おまえの部下は」

その言葉に、アデルはぴくりと身体を震わせる。

信頼していた彼の裏切りは、それが脅された末のことだと分かっていても、アデルにとっては辛い出来事だろう。

それでもセージュを庇ったアデルの優しさが、メリアは好きだと思う。もっとも、アデルが命を落としていたならきっとそんなことは思えなかっただろうけれど。

メリアは、腰に回されたアデルの手にそっと自分の手を重ねた。

「彼の妹が助かったのは、メリア、きみの解毒剤のおかげだよ」

リシャールに微笑みかけられて、メリアは黙って頭を下げる。

セージュの妹エミリアは、アンジェらが駆けつけた際、治癒師長の家のソファの上で倒れていたという。治癒師長がセージュを呼び出して目の前でエミリアに毒針を刺したというのだから、時間の経過を考えると彼女の生存は絶望的だったが、それでも彼女は生きていた。

意識を失い、多少身体は冷えていたものの、アンジェが解毒剤を飲ませたことで体温は戻ったという。

「メリアの解毒剤が、よく効いたということはもちろんあるのだけど、きっとアデラード殿下に使われたものとは毒の強さが違ったんだと思うわ」

アンジェの言葉に、メリアは顔を上げると眉を寄せた。

メリアやアデルよりも魔力量の少ないであろうエミリアが、アデルが受けたものと同じ毒を使われて、アンジェの到着まで生きていられたとは到底思えない。

セージュを脅すために毒は使ったものの、その量も内容も軽微なものだったと考えればエミリアが生きていた理由にも納得がいく。

自分を殺そうとし、アデルやリシャールを殺そうとした治癒師長だけど、誰もかもを殺そうとしたわけではないのだろうか。

メリアの脳裏に、優しい微笑みを浮かべた治癒師長の顔が浮かぶ。

「それって……」

「ええ、治癒師長は、エミリアを殺す気はなかったと……信じたいわ」

血の繋がった姪《めい》なのだから、とアンジェは目を伏せてため息をついた。

「治癒師長は、両親が亡くなって以来生き別れになっていたお姉さんとこの国で再会して、驚いたけどすごく嬉しかったって言ってたのにな。それがバレンでのことだとは知らなかったけど」

訓練や任務で治癒師長と関わることの多かったアデルも、許せないと言いつつも彼女の裏切りに心を痛めているようだ。

「セージュと妹を実の子供のように可愛がってたのに、あいつもすごく慕ってたのに、あんなことをするなんて……」

吐息混じりに吐き出した声は、少しだけ震えていた。

エミリアは治癒師長に呼ばれて家をたずねたところまでは覚えているものの、その後のことはあまり覚えていないという。魔力を失って死にかけた記憶なんて持っていてもいいことはないだろうし、魔力を奪う毒の存在は公にされていないことから、このまま毒については深くは説明しないことになったらしい。

解毒剤とアンジェの治癒魔法で、問題ないと確認された時のセージュの号泣ぶりに驚いていたようだけど。

ただ、叔母である治癒師長が罪を犯したことについては隠し通せるわけがないので、セージュを通じて説明は受けたらしい。酷く驚き、ショックを受けていたとアンジェが悲しげな表情でつぶやいた。

眉を下げ、瞳に涙を浮かべたアンジェを慰めるように抱き寄せて、リシャールはアデルの方を見た。そして、胸元から何かを取り出す。

「昨夜遅くに、セージュがこれを持ってきたよ。あんなことがあった以上、もう仕事は続けられないと言ってね」

リシャールが、テーブルの上に白い封筒を置く。裏にはセージュの名前が書いてあって、どうやら魔導騎士団の脱退届らしいことが分かる。

「セージュは何もしていませんから、辞める必要はないでしょう。血縁者が罪を犯したとして、それはセージュ本人には関係のないことですから」

あっけらかんとした口調のアデルに、リシャールの顔に微かな苦笑が浮かぶ。

「おまえがそれで良いのなら、私は何も言わないけれど」

「何のことでしょう」

アデルはにこにこと笑って首をかしげる。あくまで、セージュは何もしなかったという
ことで貫き通すつもりらしい。

リシャールはため息をひとつ落とすと、アデルに封筒を差し出した。

「これは、おまえが受け取るべきものだろう。昨夜は取り込み中だったからね、私が代わりに受け取ったけれど、おまえから本人に返してやりなさい」

リシャールの、取り込み中という言葉にメリアはまた内心で大きなダメージを負ったけれど、アデルはにっこり笑って封筒を受け取り、うなずいた。

「ええ、昨夜のあの時間を邪魔されていたら、さすがにおれもセージュを許せなかったでしょうね」

ね、とメリアにも笑いかけられて、メリアは心の中でやめて……！　と悲鳴をあげつつ、引き攣《つ》った笑みを浮かべた。

◇

朝からメリアは、ソワソワと落ち着かない様子で部屋の中をうろうろと歩き回っていた。治癒師の制服に身を包み、何度も首元のリボンが歪んでいないか、髪の毛が乱れていないか、鏡の前で確認する。

今日はこれから国王に会うのだ。王太子であるリシャールと会う前も緊張したけれど、あの時は治癒師の仕事をただこなせばいいと思っていたし、自分が聖女に選ばれるわけもないと思っていたから、ここまで落ち着かない気持ちになることはなかった。

だけど、今日は違う。

アデルの専属治癒師としてお目通りするだけでなく、彼との結婚を申し出る予定なのだ。アデルは、単なる報告なのだから何も心配することはないと言ってくれたけど、相手は国王陛下だ。粗相のないようにと思えば思うほど、緊張が増してくる。


「おはよう、メリア。よく眠れた？」

爽やかな声で迎えに来てくれたのは、アンジェだ。王位継承に関する話もする予定なので、リシャールと共に同席してくれるらしい。

国王陛下にこれから会うというのに軽やかな足取りのアンジェを、メリアは信じられない思いで見つめてしまう。

「メリア、そんなにガチガチにならなくても大丈夫よ。国王陛下は、とってもお優しい方だから」

緊張しているメリアを見て、アンジェがくすくすと笑う。

「そりゃ、アンジェは聖女様だもの……」

「メリアは、リコリの毒に気づき、更に解毒剤まで作ったという、わたしよりすごい大きな功績があるじゃない。臆することないわ」

「そんなこと言っても……」

眉を下げるメリアの背を、励ますように叩いてアンジェは笑う。その表情は明るく晴れやかだ。

リシャールの体調不良は治癒師長が密かに盛っていた毒のせいであり、アンジェはその毒を浄化するために毎日ギリギリまで魔力を削っていたことが公表されて、アンジェの力に不信を抱く者はいなくなった。実際、治癒師長が捕えられたあとから目に見えてリシャールの体調は上向いたから。

リシャールも、アンジェ以外を聖女として迎えることはないとはっきりと宣言し、聖女候補として集められた治癒師の女性たちも、残念がりつつそれを受け入れた。すぐさまターゲットを他の男性に切り替えた彼女らのたくましさには、少し驚いたけれど。

大人しく儚げな印象だったアンジェは、仲良くなってみると年相応の明るい少女だった。出会った頃は、魔力の使いすぎで消耗していて余裕がなかったからだと、アンジェは笑う。

意外とはっきりとものを言うアンジェのことを、メリアはとても好きだと思う。

「ほら、自信持って。メリアが毒に気づいてくれなかったらリシャール様がどうなっていたか分からないし、わたしも今頃は魔力の使いすぎで倒れていたかもしれないのよ。あなたはたくさんの人を救ったんだから」

それに、と笑ってアンジェはメリアの顔をのぞきこむ。

「アデラード殿下が、メリアにベタ惚れって感じじゃない？　人目も憚《はばか》らず、それはそれは甘い表情でメリアを抱きかかえながら歩いていた、って噂になってるわよ」

「え、嘘……」

思い当たるふしがありすぎて、かあっと頬を赤くするメリアを見て、アンジェは楽しそうに笑う。

「それに、魔力を供給するために唇を合わせることはわたしたち治癒師にとっては治療行為のひとつだけど、側から見れば違うみたいね。なかなかロマンティックな噂話となって、城内を駆け巡っているみたいだわ」

「聞きたくなかった……」

頬を押さえて、メリアはため息をついた。あの時は必死だったから仕方ないけれど、冷静になって振り返ると恥ずかしさで身悶《みもだ》えしたくなる。

「まぁアデラード殿下の、メリアを絶対に逃さないっていう気合いを感じるわね」

うんうんとうなずきながら、アンジェがそう言う。

「今まで特定のお相手の存在を匂わせることすらしなかったアデラード殿下が、ここぞとばかりにまわりにアピールしているんだもの。噂話だって、その気になればすぐに収束させることだって可能なはずなのよ。アデラード殿下ってば、外堀から埋めるタイプなのね」

もう逃げられないわね、と笑うアンジェに、メリアは笑ってうなずく。

「逃げるつもりなんてないもの」

穏やかに、きっぱりと言い切ったメリアを見て、アンジェはきゃあっと小さく叫んで飛び上がった。

「素敵！　ねぇ、メリアはどこでアデラード殿下と知り合ったの？　ここに来る前からの付き合いなんでしょう？」

「えっ……、それは」

思わずメリアは視線をそらしてしまう。最初のきっかけはアデルがメリアの治療院をたずねたことだけど、正直その後の夜の記憶が鮮明すぎる。出会ったその日のうちに一緒に夜を過ごしてしまったなんて、アンジェに説明できない。

言葉に詰まるメリアに、アンジェはきょとんとした様子で目を瞬いている。

「えぇと、偶然私の治療院をたずねてきたことが、きっかけよ」

諸々を濁してそう言ったメリアに、アンジェはふうんとうなずいた。

「そ、そんなことよりも、アンジェはどうなの？　リシャール様とっ」

「え、わたし？」

話題を変えるように質問を投げると、アンジェは驚いたような表情で首をかしげた。

「わたしは特に何もないけど……。リシャール様は、とっても優しい方だし、こんなわたしをずっと側に置いてくださると仰るけど」

アンジェの口調は穏やかだけど、そこに色恋の響きを感じ取れなくて、メリアは内心で首をかしげる。リシャールは、アンジェのことをとても大切に想っているようだし、彼女以外を聖女として迎えるつもりはないという宣言は、アンジェ以外は欲しくないのだという彼の壮大な愛の告白だと思っていたのだけど。

「あ、でもね！」

アンジェは弾んだ声でメリアの耳元に唇を寄せる。

「秘密なんだけどね、リシャール様の魔力って何故かすごく甘いの。だから、実は治療をするのが楽しみなの」

貧しい大家族の末っ子だったアンジェは食事も争奪戦で、特に甘いものは口にできることが皆無だったという。治療でリシャールの魔力に触れると、甘い味がしてとっても幸せなのだとアンジェは嬉しそうに語る。

それはつまり、やはりアンジェがリシャールの運命の相手であることに違いないのだけど、何故かリシャールはそれをアンジェに告げていないらしい。

アンジェは制服の首元から銀の鎖のネックレスを取り出すと、メリアに見せた。

「この指輪をね、リシャール様からいただいたの。わたしが聖女である証なんですって。すごく綺麗でしょう。リシャール様の体調がなかなか良くならなくて歯痒かった時も、この指輪が支えになってくれたわ」

大切そうにアンジェが見せてくれたのは、メリアがアデルからもらったものとよく似た銀の指輪。内側に並んだ石は、リシャールの髪色によく似た、明るい茶色をしている。

「リシャール様がつけていたものだから、少しわたしには大きくて。だから、こうして鎖に通して身につけているの」

指輪を握りしめて唇に当てるアンジェの仕草は、側からみれば間違いなくリシャールに恋をしているよう見えるけれど、彼女にはまだその自覚がないらしい。

メリアは笑ってうなずきながら、ふたりの恋の行方を応援しようと決めた。

◇

「メリア、手と足が同時に出てる」

くすくすと笑って、アデルがメリアの腰を抱いた。

「だ、だって……」

「そんなに緊張しなくても大丈夫だから。歩きにくいなら、抱き上げて連れて行こうか」

にやりと笑って耳元で囁かれ、メリアは慌てて首を振った。

この扉の向こうに国王陛下がいると思うと、心臓が口から飛び出してきそうなほどに緊張する。そばにいるアデルも、そしてリシャールもアンジェも、平気な顔をしているのが信じられない。

「メリア、そんなに硬くならないで。一応公式な場ではあるけれど、きみを悪く言う者なんて誰もいないんだから」

リシャールも優しく声をかけてくれる。その隣で、アンジェもうんうんとうなずいている。

メリアは目を閉じて一度大きく息を吐くと、顔を上げた。心の中で、なるようになれ！とつぶやくと、少し落ち着いたような気がする。

目の前の重厚な扉が、ゆっくりと開いた。


国王陛下はリシャールによく似た面差しの、優しげな雰囲気の人だった。アデルとはあまり似ていなくて、銀の瞳だけが親子である証のように見える。

「きみが、アデラードの専属治癒師か」

リシャールによく似た、だけど彼よりも深みのある声で話しかけられて、メリアは深く頭を下げる。

「メリア・ローノンと、申します」

「そんなに畏《かしこ》まらなくても良い。楽にしなさい」

穏やかな声で顔を上げるよう促され、メリアはおずおずと目の前の人を見上げる。

王族の証である揺らめく銀の瞳が、まっすぐにメリアを見つめていた。

「きみがリシャールの毒に気がついてくれたおかげで、命を落とさずにすんだ。リシャールのために、解毒剤も作ってくれたそうだね」

微笑みを浮かべた国王が話すのは、王太子であるリシャールのことばかり。最初に毒に出会ったのは、アデルの治療をした時であることも伝えているはずなのに。解毒剤も、アデルの身体から取り除いたものがなければ作れなかったはずなのに。

微妙に不満に思ったことに気づいたのだろう、アデルがそっとメリアの肩に手を触れた。思わず顔を見ると、アデルは微かな苦笑を浮かべて小さく首を振った。

「父上、おれはこれから先も、王太子である兄をずっと支えていきたいと思っています。おれが欲しいのはメリアだけです。他には何もいらない」

「そうだね、アデラードにはリシャールを支えていって欲しいと思っているよ」

国王は、至極当然のこと、といった様子でうなずく。その様子にメリアは、アデルが父親である国王からあまり顧みられてこなかったことを理解する。

「先日、おれも毒を受けて一時生死の淵《ふち》を彷徨いました。メリアが救ってくれましたが、彼女の魔力におれの瞳が染まったようです」

そう言ってアデルは少し身を乗り出すと、自らの瞳を指差した。

確認するようにアデルの方を見た国王は、僅かに目を見開いたように見える。

「銀の瞳が濃いほど、王に相応しいという話でしたね。おれのこの瞳は、王に相応しくない。だから、王位継承権を放棄したいと考えています」

「アデラード、そこまでは」

リシャールが隣で驚いたように声をあげるけれど、アデルは笑って首を振った。

「兄上こそ、王に相応しい人だ。毒はもう浄化されていますし、聖女アンジェが側にいれば何も心配はないでしょう」

それでよろしいですね、と確認するようにアデルが見つめると、国王はどこかほっとしたような表情でうなずいた。

「アデラードが望むならば。だけど、おまえも私の子であることに変わりはないのだよ」

とってつけたような言葉に、アデルはにっこりと笑って応えている。

「おれは、魔導騎士団の一員としてこの国の民を危険な魔獣から守ることで、貢献していきたいと考えています」

そう宣言すると、アデルはメリアの腰に手を回して抱き寄せた。

「彼女……メリアとの、結婚の許可をいただけますか。彼女は、おれの唯一のひと。王位継承権を放棄した者は、王の許可なく結婚も許されるはずですが、おれは父上の許しをいただきたい」

揺るぎない声でそう言ったアデルの横顔を、メリアは思わず見上げる。

「父上、私もアデラードの結婚には賛成です。王位継承権を放棄したとしても、彼女はアデラードの専属治癒師であることに変わりはない。危険な任務の多いアデラードのそばにメリアがいてくれれば、私も安心して任務を任せられます」

援護するようなリシャールの言葉に、国王はゆっくりとうなずいた。

「そう、だね。今は特に隣国との縁を結ぶ必要もないだろうからね。結婚を許可しよう、アデラード」

「ありがとうございます」

深く頭を下げるアデルに倣って同じように頭を下げながら、メリアはぎゅうっと目を閉じた。

国王の前を辞して、ひと気がなくなったのを確認して、アデルが大きく伸びをしながらため息をついた。

「あぁ、肩が凝った。メリアも緊張しただろう」

労わるように頭を撫でられて、メリアは首を振って笑った。

「国王陛下、アデラード様に対しては平坦《へいたん》というか、あまり感情をあらわにされないんですね」

ぽつりとつぶやいたアンジェの言葉に、アデルは苦笑を浮かべた。

「おれは側妃の子だからね。正妃を愛している父にとって、おれはそんなに重要な存在ではないんだよ」

「あ……、申し訳ありません」

口元を押さえたアンジェに笑ってみせて、アデルは小さくため息をつく。

「それでも、曲がりなりにも王の血を引いているわけだからね。万が一政略結婚の駒になんてされたら困るから、結婚の許可はしっかりもらっておきたかったんだ」

そう言って、アデルはメリアを抱き寄せた。

「これで、おれたちの仲は国王陛下公認だからな。もう誰にも邪魔されない」

いつから一緒に暮らそうか、とご機嫌に笑うアデルを見て、メリアは思わずアデルの胸に頬を寄せた。

父親に疎まれ、母親の呪縛に囚われて。弟を失い、唯一の兄とは対立するよう仕向けられたアデルは、ずっと孤独だったのだろう。

だけど、これからは。

「ずっと一緒にいるからね」

少し涙声で囁いた言葉に、アデルは笑って抱きしめてくれた。

うしろで、きゃあっと興奮した声をあげたアンジェと、邪魔したらだめだと彼女を落ち着かせようとするリシャールの声を聞きながら、メリアは小さく笑った。

◇

自宅地下の研究室で、メリアは真剣な表情でフラスコの中身をのぞきこんでいた。中に入った液体が赤く染まっていることを確認して、手に持った試験管の中身をそっと注ぐ。

「……どうかな？　上手くいくかな？」

つぶやきながら見守っていると、ふわりと白い煙が上がったあと、フラスコの中身は鮮やかな水色に染まった。

「ん、いい感じじゃない？」

フラスコを振って色が変わらないことを確認し、メリアは満足気にうなずく。

「よしっ、成功！」

鼻息荒く何度もうなずいていると、うしろからくすくすと笑う声が聞こえた。

「アデル！　おかえりなさい！」

振り返ったメリアは、笑顔を浮かべて駆け寄る。

研究室の入り口そばに立っていたアデルは、メリアを抱き止めて額に優しく口づけた。

「すごく集中してるみたいだったから、邪魔しちゃ悪いかなと思って、しばらく見てた」

「えぇっ、声かけてくれたら良かったのに」

ぶつぶつと独り言をつぶやきながら調合していたのを見られていたことに、メリアは頬を押さえて唇を尖《とが》らせる。

アデルはそんなメリアの唇にそっと触れると、笑って頭を撫でた。

「この前うっかり声かけたら、爆発させちゃったからね。黙って見守ろうと思って」

「あれは例外よ……。普段はそんなことないわ」

笑いながら、メリアは調合台の方へと戻る。完成した薬品を小瓶に入れると、片付けをしながらアデルの方を振り返った。

「もう、夕食は食べた？」

「まだだよ。メリアと一緒に食べようと思って、迎えに来たんだ。アンジェから、明日のお茶会の誘いも言付かってる。だから、今夜は城で眠ろう」

「え、じゃあすぐに準備するわ！」

手を洗い、時間を確認したメリアは、パタパタと鏡の前に走る。髪の毛を整え、自分の服を見下ろして首をかしげる。

「この格好で、おかしくないかしら」

「おれの部屋に直通なんだから、そんなこと気にしなくてもいいのに」

充分可愛いよ、と囁いて、アデルはメリアを抱き寄せた。

アデルと結婚をしたメリアだったけれど、メリアには自分の治療院での仕事があるし、アデルには魔導騎士団としての仕事がある。メリアが治療院を閉めて城に移り住むことも検討したものの、アデルが首を縦に振らなかった。メリアが自由に毒の研究をしたいと思っていることは、アデルもよく知っているから。

そのため、メリアは城と自宅を行き来する生活を送っている。

危険な任務も多いアデルのそばに、専属治癒師であるメリアがいないことは問題だという建前のもと、リシャールが王族専用の転移陣をアデルの自室とメリアの家の研究室内に設置してくれたのだ。

地下の研究室は、メリアの魔力でしか開かないように設定しているけれど、アデルだけは例外だ。もっとも、毎日のようにお互いの魔力を交換しあっているから、アデルの身体にはメリアの魔力が染み付いているだろうけれど。

気軽に自宅と城を行き来できるようになったので、メリアは月の半分を城の治癒師として働き、残り半分を自宅の治療院で働いている。

アデルもメリアに合わせて行き来するので、そろそろ大きめのベッドを買わなければならないかもしれない。

ひとり暮らしだったメリアのベッドは、ふたりで眠るには少し狭いから。

◇

転移陣でアデルと共に城へ移動したメリアは、夕食をとったあと、アデルの部屋の広いベッドで眠った。もちろん、すぐに眠らせてもらえるわけはなかったのだけど。

翌日、メリアは休日だったので、仕事に向かうアデルを見送ると、アンジェのもとをたずねた。

指定された部屋に向かうと、中にはアンジェだけでなくリシャールとネレイドまでいて、メリアは思わず目を瞬く。

「やぁ、メリア。忙しいきみにはなかなか会う機会がないからね。アンジェがお茶会をすると聞いて、同席させてもらうことにしたんだ」

にっこりと笑ったリシャールが、アンジェの隣に座って何気なく腰を抱き寄せる。頬を染め、微妙に居心地悪そうな表情を見せるアンジェを見て、メリアはおや、と内心で首をかしげた。

「そういえば、ネレイドが正式にアンジェの護衛を勤めることになったって言ってたわね。久しぶりにネレイドにも会えて嬉しいわ」

メリアがネレイドに笑いかけると、アンジェが大きくうなずいた。

「ネレイドはすごいのよ！　こんな大きな剣も、軽々と振り回すの。いつもね、訓練を見学させてもらっているのよ」

きらきらした瞳で、アンジェがネレイドのすごさについて熱く語る。手放しで褒められて居心地の悪そうなネレイドと、少し面白くなさそうな表情を浮かべるリシャールに、アンジェは全く気づいていない。

「アンジェは、ネレイドに憧れているみたいなんだ。一緒に訓練をしたいと言い出した時は、どうしようかと思ったよ」

苦笑を浮かべながら、リシャールがアンジェの頭を撫でる。アンジェは不満気な表情で、唇を尖らせた。

「リシャール様は過保護なんですもの。わたし、ついこの前成人したし、もう子供じゃないですっていつも言ってるのに」

「訓練の真似事をして、盛大に怪我をしたきみが言うことではないね」

「まさか、聖女様のために別の治癒師を呼ぶことになろうとは思いませんでしたよ」

リシャールとネレイドに口々に言われて、アンジェの唇はますます尖っていく。

「アンジェってば、見かけによらずお転婆さんだったのねぇ」

くすくすと笑うメリアに、アンジェは拗ねたような顔でお茶のカップを口に運ぶ。

「黙って座っていれば文句なしの聖女に見える、とはよく言われるわ」

「アンジェは、いつだって私の聖女だよ」

なだめるように頭を撫でて、リシャールがアンジェを抱き寄せた。アンジェは一瞬で真っ赤になって、うつむく。

「リシャール様に、そう言ってもらえたら……嬉しいです」

よく見ると、アンジェの左手には銀の指輪が光っている。何やらふたりの関係に進展があったようで、メリアは楽しい気持ちでお茶を飲む。もともと甘い魔力で結ばれた相手なのだから、ちょっとしたきっかけがあればうまくいくのだろう。

「アデラードには、色々と先を越されてしまったからね。私も負けないようにと、最近は少しずつ剣術の訓練を再開しているんだよ。アンジェも今度、見においで」

「え？　あ、はい。ぜひ」

脈絡のない話に、アンジェは戸惑いの表情を浮かべつつうなずく。リシャールの言葉の裏に隠された意味を読み取ったメリアは、込み上げてきた笑いを堪える。

きっとリシャールは、アンジェがネレイドに憧れていることを知って訓練を始めたのだろう。それができるほどに体調が回復したことは喜ばしいことだし、アンジェのために行動するリシャールが微笑ましくもある。弟に先を越されたことを気にしているところも。

ふたりの仲がうまくいくことを願って、メリアは幸せな気持ちでお茶を飲み干した。


アンジェらと別れたあと、メリアはアデルに誘われて城の外へと出かけた。

王位継承権を放棄したからか、アデルとリシャールが仲良く交流している様子を方々で見せつけたからか、アデルの命を狙う存在はなくなったらしい。

もともとアデルに毒を盛ったのも、治癒師長が金で雇った男だったようだから、彼女が捕らえられた今、アデルを狙う者はいないのかもしれない。

リシャールも、少しずつ過激な行いをする者たちを排除していっていたらしいから。

アデルに対していつも敵愾心《てきがいしん》を剥き出しにしていたカスターも、アデルが瞳の色を指して、王位継承権を放棄したことを伝えると、随分と態度が軟化したらしい。

あれほどまでに分かりやすく変化するとは思わなかったけれど、とアデルは笑った。

◇

アデルがメリアを連れて行ったのは、一軒の小さなカフェだった。

扉を開けると、明るい声が出迎えてくれる。

「いらっしゃいませ！　アデ……ル、様」

唇に指先を当てたアデルを見て、店主の男性が慌てて言い換える。

「久しぶりね、セージュ」

「メリアさん！　いらっしゃいませ」

声をかけられて、店主であるセージュは嬉しそうな笑みを浮かべた。

この小さなカフェは、セージュが妹のエミリアとふたりで切り盛りしている店だ。

あのあと、アデルの引き留めにも応じなかったセージュは、魔導騎士団を退団するところで店を開いたのだ。

「何にします？　おすすめは、冷たいコーヒーです」

自身が得意とする氷魔法を使って、飲み物を冷やすのだとセージュは説明した。

「魔力に、そんな使い方があるとは思わなかったわ」

感心したようにうなずくメリアを見て、セージュは穏やかな表情で笑う。

「ずっとね、エミリアに言われていたんです。俺が危険な任務に就くことが心配だって。俺は、魔導騎士団の仕事には誇りを持っていましたし、辞めようだなんて思ったことはなかったんですけど。だけど、あの時エミリアを失うかもしれないと思ったら、きっとエミリアは同じ気持ちをいつも抱いていたんだろうなと思ったんです。そうしたら、もう続けられないなと感じて」

セージュは、隣に立つエミリアと顔を見合わせて微笑み合う。その表情は、魔導騎士団の一員として働いていた時よりも、ずっと穏やかに見えた。

「おまえが辞めたのは、正直痛手だが……。仕方ないな。セージュの守るものは、ここにあるんだから」

折に触れてセージュの復帰を打診していたらしいアデルは、諦めたようにため息をつくと、笑った。

メリアがいつものように地下の研究室で調合作業に集中していると、不意にうしろからふわりと抱きしめられた。

「アデル。おかえりなさい」

顔を見なくても、気配と抱きしめられた腕の感覚で分かる。もっとも、この部屋に自由に出入りできるのはアデルだけなのだが。

「うん、ただいま。今日は何の調合？」

うしろから抱きしめたまま、アデルがたずねる。メリアは材料を選り分ける手を止めないまま、アデルを振り返った。

「リコリの毒の解毒剤よ。念のために作っておこうと思って」

リコリはバレン島の岩場にしか咲かないけれど、あの島の岩ごと掘り起こせば、別の場所で育てることも可能だ。治癒師長は、そうやって自室に鉢植えを置いていたのだから。

バレン島には今もう誰も住んでいないし、島への移動手段もない。だから、リコリの花が外部に持ち出される可能性は少ない。それにリコリの毒性について知る人もいないはずだけど、この先何があるかは分からないから。

だから、メリアは解毒剤を作っておくことにしたのだ。使われることなく、無駄になるのが一番だと思って。

◇

◆

◇

「じゃあ、今夜はここで夜更かしだな」

メリアの耳元に口づけながら、アデルが悪戯っぽく笑う。

「え？　どういうこと？」

「前に解毒剤を作った時のこと、覚えてるだろ？　――ここで、一緒に過ごした夜のこと」

「……っ」

吐息を耳に吹き込むように囁かれて、メリアの身体に力が入る。

「あれ、もう忘れちゃった？」

くすりと笑ったアデルが、メリアの耳をゆっくりと舌先でなぞる。

「ひゃ……ん、覚えて……る、けどっ」

「良かった。忘れられてたら、どうしようかと思った」

「忘れるわけないわ」

とうとう作業の手を止めて、メリアがため息をついて笑う。

「じゃあ、今夜はここでゆっくり過ごそうか」

小さなソファに視線をやりながら、アデルも笑う。かつてそのソファの上で愛しあった記憶が蘇って、メリアの頰が赤くなった。

「いいけど、その前に……、夕食にしなきゃ」

誤魔化すように話をそらしたメリアの色づいた頰に口づけて、アデルは笑ってうなずいた。

「あぁ、そうだ。これ、メリアにお土産。討伐で手に入れたんだ」

何かを思い出したように、アデルが胸元から小さな包みを取り出す。両手で受け取ったメリアは、それが何かを確認した瞬間、顔を輝かせた。

「シーラの毒牙！　うわぁ、初めて見たわ。ねぇねぇ、これって毒を抽出できるかしら」

「うん、それはできると思うけど」

「そうだわ、解毒剤の完成を待つ間に、こっちの研究をすればいいんじゃない？」

名案とばかりにワクワクした表情を浮かべるメリアに苦笑しながら、アデルはメリアの手から毒牙を取り上げる。

あっと不満の声をあげたメリアに口づけ、アデルは毒牙を保管庫の中にしまった。

「研究は、また今度。今夜は一緒に夜更かしをしてくれるんだろう？」

「え、あ……、うん」

まだ諦めきれない思いで保管庫を見つめつつ、メリアは渋々うなずく。

「なんだか、おれと過ごす夜よりも毒の研究の方が優先されそうで、少し複雑なんだけど」

「そんなことないってば」

「本当に？」

揶揄《からか》うような口調で顔をのぞきこまれて、メリアは小さく口を尖らせると、アデルに抱きついた。

「アデルが一番大切に、決まってるわ」

「うん、知ってる。おれも、メリアが一番大切だよ」

ふたりはくすくすと笑い合うと、どちらともなく目を閉じて唇を重ねた。

あとがき

はじめまして、夕月と申します。

この度、第六回ムーンドロップス恋愛小説コンテストにて最優秀賞をいただき、書籍を出版していただくことになりました。

切ないシーンやハラハラする場面もありますが、読み終えた時に幸せな気持ちになってもらえていたらいいなと思います。

小説を書いている時に、キャラクターが勝手に動き出すと感じることはありますが、アデルは本当に自由に動くキャラクターでした。どれほどふたりを離そうとしても、すぐにメリアに会いに来てしまって……。

まさか、瀕死の怪我を負ってまで会いに来るとは思わなくて、書きながら「どんだけメリアが好きなのよ……」と思わず笑ってしまったくらいです。

身体を張ってでもメリアのそばから離れないアデルの執着心も、楽しんでもらえたら嬉しいです。

初めてのことばかりで慣れない作業に戸惑う私をサポートしてくださった担当様、編集部の皆様、出版社の皆様。大変お世話になり、ありがとうございました。一冊の本を作るのに、本当にたくさんの方が関わってくださっているんだなぁと、感謝の気持ちでいっぱいです。

そして素敵なイラストを描いてくださった三浦ひらく先生、ありがとうございました。メリアとアデルだけでなく、個人的にもお気に入りのキャラクターであるリシャールも描いていただけて、とても嬉しいです。

子供の頃からファンタジーな世界観のお話が大好きで、大人になった今でも、やっぱりファンタジーなお話ばかり書いています。

これからも、読んでくださった方が甘くて幸せな気持ちになれる話を目指して、創作を続けていきたいなと思います。

あらためまして、本作をお手にとっていただき、ありがとうございました。

また、別の作品でお目にかかることができたら嬉しいです。

夕月

ヤンデレ系乙女ゲームの悪役令嬢に転生したので、推しを監禁しています。

椋本梨戸――――――――――――――――――――――――――――――――

怖がりの新妻は竜王に、永く優しく愛されました。

杜来リノ――――――――――――――――――――――――――――――――

色彩の海を貴方と泳げたら　魔砲士は偽姫を溺愛する

天ヶ森雀――――――――――――――――――――――――――――――――

魔王の娘と白鳥の騎士　罠にかけるつもりが食べられちゃいました

気高き花嫁は白銀王の腕で愛欲に震える

当麻咲来――――――――――――――――――――――――――――――――

王立魔法図書館の[錠前]に転職することになりまして

王立魔法図書館の［錠前］は淫らな儀式に啼かされて

失神するほど愛されて　悪魔は聖姫を夜ごと悦楽に堕とす

王立魔法図書館の［錠前］は執愛の蜜獄に囚われて

忌まわしき婚姻を請け負う公爵は、盲目の姫を溺愛する

兎山もなか――――――――――――――――――――――――――――――

異世界で愛され姫になったら現実が変わりはじめました。

七篠りこ――――――――――――――――――――――――――――――――

裏切り王子と夜明けのキスを　原作では断罪される予定の彼ですが、今のところ私を溺愛するのに夢中です

吹雪歌音――――――――――――――――――――――――――――――――

舞姫に転生したＯＬは砂漠の王に貪り愛される

葉月クロル――――――――――――――――――――――――――――――

異世界の恋人はスライム王子の触手で溺愛される

異世界婚活！アラサーOLは美形魔導士に深く激しく求められる

日車メレ――――――――――――――――――――――――――――――――

墓守公爵と契約花嫁　ご先祖様、寝室は立ち入り厳禁です！

女魔王ですが、生贄はせめてイケメンにしてください

悪役令嬢、生存の鍵は最凶お義兄様のヤンデレパワーです

マチバリ――――――――――――――――――――――――――――――――

転生令嬢は腹黒騎士に攻略される

真宮奏――――――――――――――――――――――――――――――――

狐姫の身代わり婚 ～初恋王子はとんだケダモノ!?～

〈ムーンドロップス〉好評既刊発売中！

青砥あか

29 歳独身レディが、年下軍人から結婚をゴリ押しされて困ってます。
愛玩調教 過保護すぎる飼い主の淫靡な企み
下賜された悪徳王女は、裏切りの騎士に溺愛される

イシクロ

偽りの吸血姫が本物になるまで　身代わり処女は甘い楔に啼く

踊る毒林檎

喪女と魔獣　呪いを解くならケモノと性交!?

臣桜

皇帝陛下は呪われた聖女の母性に溺れる
皇帝陛下と将来を誓い合いましたが、神託により愛妾になりました

君想ロミヲ

騎士団長は処女魔王を絶頂に染める

葛餅

数学女子が転生したら、次期公爵に愛され過ぎてピンチです！

このはなさくや

異世界の酒場で運命の男が待っていました ぬるいエールを魔法で冷やして

佐倉 紫

国王陛下は運命の乙女をはなさない 不遇な公爵令嬢は陛下と相性抜群です

怜美

身替り令嬢は、背徳の媚薬で初恋の君を寝取る

白花かなで

復讐の処女は獣人王の愛に捕らわれる

竹輪

異世界から来た賢者様はお嫁様をさがしている　獣人の乙女は運命のつがいに愛されて

月乃ひかり

宮廷女医の甘美な治療で皇帝陛下は奮い勃つ
軍神王の秘巫女【超】絶倫な王の夜伽は激しすぎます！
蒼き海の秘ごと～蛮族の王は攫われ姫の甘い海に沈む
冷酷王は引き籠り王妃に愛を乞う 失くした心が蘇る恋の秘薬

まるぶち銀河

ひねくれ魔術師は今日もデレない　愛欲の呪いをかけられて

御影りさ

少年魔王と夜の魔王　嫁き遅れ皇女は二人の夫を全力で愛す
次期国王の決め手は繁殖力だそうです

★著者・イラストレーターへのファンレターやプレゼントにつきまして★
著者・イラストレーターへのファンレターやプレゼントは、下記の住所にお送りください。いただいたお手紙やプレゼントは、できるだけ早く著作者にお送りしておりますが、状況によって時間が掛かる場合があります。生ものや賞味期限の短い食べ物をご送付いただきますとお届けできない場合がございますので、何卒ご理解ください。
送り先
〒160-0004　東京都新宿区四谷 3-14-1　UUR 四谷三丁目ビル２階
（株）パブリッシングリンク
ムーンドロップス 編集部
○○（著者・イラストレーターのお名前）様

呪われた王子は運命の治癒師を手放さない
甘い魔力は愛の証《しるし》

２０２３年２月１７日　初版第一刷発行

著……………………………………………………………… 夕月
画………………………………………………………… 三浦ひらく
編集…………………………… 株式会社パブリッシングリンク
ブックデザイン…………………………………… しおざわりな
（ムシカゴグラフィクス）
本文ＤＴＰ…………………………………………………… ＩＤＲ

発行人……………………………………………………… 後藤明信
発行………………………………………………… 株式会社竹書房
〒102-0075　東京都千代田区三番町８－１
三番町東急ビル６Ｆ
email：info@takeshobo.co.jp
http://www.takeshobo.co.jp
印刷・製本……………………………… 中央精版印刷株式会社

TAKE
SHOBO

呪われた王子は運命の治癒師を手放さない
甘い魔力は愛の証

夕月

Illustration
三浦ひらく

MOON DROPS